CADEIA QUEBRADA

Eliete Costa

CADEIA QUEBRADA

1ª Edição
POD

KBR
Greenville
2016

Coordenação editorial **Noga Sklar**
Revisão de texto **Noga Sklar**
Editoração **KBR**
Capa **ADC (authordesign.co)**

ISBN **978-1-944608-22-4**

KBR Editora Digital Ltda.
www.kbrdigital.com.br
www.facebook.com/kbrdigital
atendimento@kbrdigital.com.br
55|21|3942.444

FIC027000 - Romance

Eliete Costa é escritora, roteirista e letrista, sendo autora da música "Queimada", interpretada pelo Trio Avenida Brasil. Publicou o livro de contos *A intimidade deles* e o de poemas *Poesia do Amor Bandido*. Pela KBR, publicou o volume de contos *As coxas e o escrivão*.

E-mail: costa-eli@hotmail.com

A consequência de um ato não é opção.

A opção se apresenta no ato em si, quando se opta pelo mais fácil, a despeito de consequências complicadas.

Sumário

Num domingo de 2012, na rua quase deserta, um bonde se aproxima e se afasta com seu reco-reco tranquilo, levando poucas pessoas em direção ao centro da cidade. Encostados no muro, dois rapazes — um bem magro e alto, outro tão alto quanto, porém bem mais corpulento — disfarçam enquanto aguardam a lenta passagem do veículo. Olham para os dois lados da rua e rapidamente pulam o muro da casa. Invadem a garagem, com cuidado para não serem vistos.

Construída num declive, a grande casa acompanha a topografia do terreno, com dois pavimentos ao nível da rua e um terceiro recuado, mais abaixo, só visto por quem avança para dentro da propriedade. É uma construção peculiar, com uma mistura de detalhes e estilos arquitetônicos diversos. Nos fundos há uma extensa área de lazer com piscina, quadra de esportes e um pequeno pomar.

Transpondo uma pilha de jornais acumulados na entrada, Tuca e Leco entram sem dificuldade pelo pórtico lateral, base de uma torre abobadada. Os jornais amontoados sugerem o abandono do prédio. Já no interior, mergulham no silêncio tenso. Respiram expectantes, calculando o lucro que obterão ao saquear o casarão, que imaginam repleto de objetos valiosos.

Carregam consigo não só o espírito da contravenção, mas também as angústias, as frustrações e os sonhos de uma vida curta, de incertezas. Um, levado pelo desejo da vingança; o outro, tentando livrar-se do pesadelo de uma dívida, sem recursos suficientes para saldá-la.

1.
Leco e Tuca
(2003)

Muitas crianças, retornando da escola, subiam as ruas sinuosas e estreitas do morro em direção a suas casas. Outras, porém, se precipitavam aos tropeções por entre a multidão de moradores, na difícil tarefa de ser olhos e ouvidos dos traficantes. Enquanto as que queriam estudar nem sempre tinham sapatos para compor o uniforme escolar, as que estavam a serviço do tráfico vestiam grifes famosas, tênis da moda, bonés e bermudas caras. Por outro lado, enquanto umas alimentavam a sede de aprendizado e se desgarravam do meio em que viviam, outras alimentavam o vício precoce com a oferta generosa de drogas, tornando-se cada vez mais aprisionadas. Os operários do tráfico, adolescentes mirrados em sua maioria, eram ligeiros na missão, pois sabiam muito bem que olheiro lento era olheiro morto.

— Aí, boiola, tá indo pra escola? — fazia-se o coro contra aqueles que, uniformizados, insistiam em estudar.

Embora com grande atraso escolar, Tuca também tentava, para fazer a vontade de sua mãe, Dona Ermínia, e ser alguém na vida. Vendia balas, lavava carros e, vez ou outra, furtava uma carteira, mas à tarde ia para a escola. Esforçava-se muito para aprender, mas os números e letras se embaralhavam em sua cabeça.

Aos quatorze anos, era alto e espichado, o que não lhe trazia vantagem alguma, uma vez que destoava do resto de sua turma. Além disso, tinha ainda o problema da gagueira, que o tornava introvertido e mais revoltado. Para compensar a deficiência, quase insuportável, surrava um colega sempre que podia.

Todos os dias, voltava da escola muito tarde. Em passos ligeiros, Tuca subia o morro tentando escapulir às provocações de Leco, olheiro protegido de Tito, chefe do morro. Leco não perdia uma oportunidade de humilhá-lo, e Tuca mudava horários e caminhos para não ter que encarar seu torturador. Até de roupa já havia trocado para não ser reconhecido, mas Leco sempre o descobria. Não havia jeito de fugir dele. Se ao menos soubesse o que tinha feito para atrair tal implicância...

Leco debochava, mas Tuca nunca reagia, mesmo sendo fisicamente mais forte.

— Aí, boiola, tá voltando da escola?

Tuca seguia seu caminho com fingida indiferença. Se respondesse, estaria perdido. Leco era aparentemente fraco, mas o prestígio que tinha junto ao chefe do tráfico dava a ele muita segurança: quem o desafiava tinha como pena mínima a expulsão do morro, sem direito a levar qualquer coisa que tivesse.

— Não responde por quê? Tá com medo, né?

Tuca apressava o passo.

— Qualé! A mocinha tá pensando que vai fugir de mim?

Leco ria, cínico, sentado em cima de uma pedra com o queixo apoiado nos joelhos finos, unidos num abraço. Afinal, o grandão não tinha escolha. Aquele era o caminho para a casa dele e precisava passar por ali todos os dias.

— Ô-ô, Leco, o que vo-vo-você tá querendo, hein? — Tuca perguntou finalmente, tentando em vão disfarçar a gagueira, o que provocou uma gargalhada no outro.

— Ih! Além de troncho, o boiola é gago.

Num salto só, Tuca o alcançou e o derrubou da pedra. Leco sentiu o impacto com o solo, sem conseguir se defender dos golpes aplicados pelo oponente, bem mais forte. Protegeu-se como pôde. Tentou contra-atacar, mas seus contragolpes não surtiam efeito. Quando estava prestes a desmaiar, o gosto de sangue invadiu sua boca, e antes de perder os sentidos ainda ouviu, à distância, uma voz feminina gritando:

— Tuca! Pelo amor de Deus, meu filho, o que você tá fazendo? — Dona Ermínia veio correndo, apavorada, para acudir, não o filho, mas o rapaz desacordado no chão.

Das janelas e lajes o povo assistia. Alguns paravam para olhar, mas fugiam apressadamente quando percebiam que o perdedor da briga era Leco. Um deles, porém, correu para relatar a Tito o ocorrido.

Aflita por reconhecer Leco, Dona Ermínia resmungava. Debruçada sobre ele, dizia temer o castigo que levariam quando Tito soubesse que seu protegido havia sido surrado. Em seguida mãe e filho transportaram sem dificuldade o corpo franzino para dentro do barraco.

Vestidos com uniforme escolar, Geslane, Wagner e Jeferson, seus irmãos de 10, 9 e 7 anos respectivamente, se acercaram com interesse do corpo que Tuca depositava na cama cuidadosamente, sem entender o que estava acontecendo.

Assim como Tuca, Geslane era mais desenvolvida fisicamente do que outras crianças da mesma idade: alta, forte, os seios já despontando por baixo da camiseta escolar.

— Ele tá morto? — Geslane perguntou à mãe, que colocava no fogo uma chaleira de água.

— Vira essa boca pra lá, menina!

— Mas parece, mãinha.

— Ele só tá dormindo, Lane. Vá e pegue uma toalha limpa.

Jeferson, o caçula, quis saber por que o rapaz não acordava.

— Se ele não tá morto, por que ele não acorda, mãinha?

Wagner se adiantou e respondeu:

— Porque ele levou uma coça do Tuca, seu lesado.

— Que é isso, Jefinho? — repreendeu Dona Ermínia. — Isso lá é jeito de falar com seu irmão? Vamos tirando logo esse uniforme, anda.

Todos foram dormir, exceto Dona Ermínia, que

passou a noite acordada, cuidando dos ferimentos de Leco da melhor forma que sabia.

Na manhã seguinte, Leco acordou, mas, ainda confuso, não abriu os olhos de imediato. Precisava ouvir com atenção os sons à sua volta para estar certo de que estava seguro, um hábito de autodefesa adquirido durante a infância.

Não compreendeu. Não sabia onde estava. Sentiu que estava coberto e aquecido, mas seu corpo todo doía muito. Por outro lado, também poderia estar morto, e, se abrisse os olhos, daria de cara com o rabudo rindo para ele e querendo levá-lo para o inferno. Afinal, com tão pouca idade já havia feito tantas coisas ruins por aí, não seria à toa que agora o demônio vinha buscá-lo. O rabudo agia dessa forma, primeiro dava a sensação de conforto, para depois lançar seu bafo quente, puxando o pecador pelas pernas profundezas adentro. Mesmo fechados, seus olhos se afogaram em lágrimas.

— Leco!

Ouviu o chamado e estremeceu. *Chegou a hora*, pensou.

— Leco, acorda!

— Não! — gritou assustado, cobrindo o rosto com as mãos. — Eu não quero ir. Eu não quero ir — e desandou a chorar.

Tuca, de pé ao lado da cama, não entendia nada. Que diabos estava acontecendo com o cara? Vai ver os ferimentos eram bem mais graves do que ele supunha. E concluiu consigo mesmo: *Tô fodido*.

Leco se debatia na cama enquanto Tuca o sacudia.

— Leco! Que que foi? Diz praaaa mim o que vo--vo-você tá sentindo. Acho que bati demais na-na-na sua cabeça e vo-você ficou muquengo.

Entre soluços, Leco reconheceu a voz e, aos poucos, abriu os olhos.

— Di-diz pra mim, Leco, tá-á doendo muito?

Leco recordou a surra, percebeu o papelão que estava fazendo, se recompôs.

— Que é, porra? — esbravejou. — Tá aí enchendo o meu saco por quê?

— Mas você ta-a-va chorando.

— Quem tava chorando? Chorando é o caralho! — Leco disfarçou para manter a linha. A situação era constrangedora, era preciso encontrar uma saída.

— Eu tava é rindo.

— Rindo?

— Pois é, rindo da tua cara de babaca aí me olhando. Eu achei tanta graça, mas tanta graça que até chorei de rir. Quase me mijei de tanto rir da tua cara gorda e cheia de espinha.

Desconfiado, Tuca pensou: *Como pode alguém ver alguma coisa estando com os olhos fechados?* Mas não queria discutir e sujar sua barra ainda mais.

— Vem to-tomar café, Leco... iiisso, se você já-já tiver acabado de rir da minha cara de babaca.

Leco se esforçou para levantar. O corpo todo estava dolorido, mas não podia demonstrar. Olhou em volta e avaliou o barraco de apenas um cômodo e um banheiro, tudo muito bem-arrumado: uma cama, aquela em que estava deitado; uma geladeira velha, mas pintada de pouco; nenhuma televisão; caixotes de feira servindo de armário; fogão e mesa.

— Você tá sozinho aqui? — perguntou, sentando-se à mesa.

— Tô, sim. Mi-minha mãe foi pro tra-a-balho e meus irmãos pra escola. Toma café, o pão tá aqui.

— E você não foi pra escola por quê?

— Ainda é cedo. Vo-você sa-a-be que só estudo à tarde — a observação gerou tensão entre os adolescentes, mas os dois preferiram o silêncio enquanto mastigavam o pão sem manteiga trocando olhares, análise e respeito mútuos. A briga do dia anterior nunca mais seria mencionada.

Terminada a refeição, Leco se ergueu e saiu, dizendo que ia trabalhar. Tuca ainda o acompanhou com os olhos através da porta deixada escancarada, mas logo sua mente se ocupou de outra coisa qualquer, dando o incidente por encerrado. Sentia-se inexplicavelmente tranquilo, tanto que, no retorno da escola, nada fez para evitar o confronto com Leco, que não apareceu para destratá-lo.

Ao contrário de Dona Ermínia, sempre preocupada, Tuca não estranhou a ausência do antigo desafeto. Até o viu à distância na sua função de olheiro, mas sem buscar o conflito.

Tuca e Leco se tornaram amigos, para desgosto de Dona Ermínia. Ela não esperava que o filho mais velho se tornasse um doutor, mas pelo menos que fosse um homem de bem, honesto e cumpridor dos seus deveres, coisa que certamente não ocorreria se estivesse grudado numa pessoa como Leco, nascido Leonardo Antônio de Almeida.

2.
Dona Ermínia
(2003)

Na manhã seguinte à briga, Dona Ermínia saiu bem cedo e não viu Leonardo acordar, mas se certificou de que ele estava bem. Preparou o café, colocou os pequenos no rumo da escola e fez mil recomendações a Tuca para que Leco não fosse mais perturbado. Mesmo assim, passou o dia acabrunhada, com o coração na mão, adivinhando a provocação de Leco, o destempero de Tuca e a vingança do traficante, que mataria seu filho e a expulsaria de sua casa. O que seria dela, com quatro crianças, sem ter onde morar? Deus não ia permitir que tudo se repetisse com ela, depois de tanto sacrifício.

— Ermínia, está falando sozinha de novo? — perguntou a patroa com ar aborrecido, ao vê-la resmungando enquanto passava roupa.

A empregada se assustou com a presença da patroa na porta. Não tinha percebido que seus pensamentos haviam criado asas e voado para fora de sua cabeça.

— Não! Que isso, Dona Constança? Só estou cismando com meus botões — respondeu. Mas pensou, contrariada: *Problema meu se falo ou não sozinha, o que ela tem com isso?*

— Pois pare de cismar e acabe logo com essa roupa. Desse jeito vamos acabar almoçando na hora do lanche.

— Não se preocupe, patroa, já estou terminando — contemporizou. Mas a patroa não ouviu, pois já ia longe.

Dona Ermínia sempre fazia de tudo para proteger sua família. Desde que fora abandonada pelo marido, quando Tuca tinha apenas sete anos, vinha se desdobrando para manter seus filhos unidos, submetendo-se a todo tipo de humilhação por parte de parentes e vizinhos para não vê-los espalhados por aí como gado sem dono. Ninguém acreditava que seria capaz de manter sozinha uma família de quatro filhos pequenos, e por isso alguns parentes se ofereceram para criar os dois menores, mas separados um do outro e distantes dela.

Para não parar nas ruas, Ermínia pediu abrigo na casa de um e de outro em troca do serviço doméstico. Trabalhava duro durante o dia inteiro como faxineira em casas ricas da zona nobre da cidade, para, à noite, lavar, passar e cozinhar na casa de quem lhe dera acolhida. Não sobrava tempo para se dedicar aos filhos como gostaria, mas as coisas começaram a melhorar quando conseguiu um barraco no morro. Apesar dos muitos avisos que recebeu para que não fosse morar num lugar tão violento, estava disposta a contar com a proteção divina. Deus certamente estaria ao seu lado, protegendo seus filhos. Afinal, se fosse um lugar tão ruim como diziam, não haveria tantas famílias morando lá.

As crianças menores foram matriculadas numa escola pública em tempo integral, e os mais velhos, além de estudar, também colaboravam com a renda familiar vendendo coisas ou oferecendo serviços. À noite, Ermínia reunia os filhos e tomava a lição de casa, nos cadernos e livros bem encapados e limpos. Forçava-os a escovar os dentes, pentear os cabelos e, durante o banho, esfregava-os bem para "tirar o cascão", enquanto dizia: "Ninguém há de torcer o nariz para filho meu". Seu empenho seria recompensado. Seus filhos cresceriam saudáveis e corretos. Não fosse a amizade que surgiu entre Tuca e Leco.

Infelizmente, aquela briga, em vez de distanciá-los, uniu-os numa dupla perfeita: um com a força física e outro com a inteligência. De repente, crescia uma forte amizade entre duas pessoas tão diferentes. Tuca era crescido demais para a idade, com dificuldade para raciocinar, mas um amigo fiel. Sem habilidade no trato com as pessoas, tornava-se violento quando rejeitado, o que ocorria com frequência, já que, de acordo com os padrões de beleza vigentes, era desagradável aos olhos de quem observava seu corpo grande e desengonçado, servindo de base para uma cabeça tão grande quanto. Em situações de tensão, suava muito, exalando um odor fétido. E quando tentava se defender sem recorrer a socos e sopapos gaguejava palavras incompreensíveis, que não o ajudavam em nada. Sua força era a arma que possuía para lutar contra o preconceito. Como ninguém se propunha a ser seu amigo, o companheirismo de Leco tornou-se motivo de gratidão.

3.
Leco e Vera
(1987)

A capacidade de regeneração de uma criança não deve ser subestimada. Na pequenez reside a sua grandeza.

Um homem magro e alto se aproxima do menino encolhido na estação rodoviária. É noite. Leco sente fome e frio num canto da calçada cheirando a urina. O homem de braguilha aberta balança o pênis mole e propõe:

— Chupa meu pau que eu te dou umas moedas. Quer? Vem que eu te dou dinheiro.

É mais um tarado imbecil. Leonardo se levanta e se afasta sem pressa.

Nas ruas, há muitos mendigos e bêbados que já tiveram onde morar, mas perderam o caminho de casa. Ao contrário de Leco, que não tem para onde voltar. Quando fugiu do tio, depois de acertar a cabeça dele com um martelo, nem pensou no fato de que precisaria de meios para viver longe de casa. Saiu ansiando a liberdade e levando consigo apenas a roupa do corpo.

A princípio perambulou sem rumo, se afastando o máximo que podia do assassinato que achava ter cometido. Tinha muito medo de ser preso pela polícia. Os métodos utilizados para castigar bandidos talvez fossem piores que os aplicados por seu tio Teté, com quem morava. Passada uma semana, sentindo-se um pouco mais seguro pelas ruas, realizou seu sonho de ver o mar. O tio, que sempre prometia levá-lo à praia sem nunca cumprir a promessa, cansado da insistência do sobrinho finalmente lhe revelara que praticamente fora parido na água salgada, uma referência ao dia do seu nascimento. Logo, Leco já conhecia o mar, não havia motivo para ir até lá.

Vera, mãe de Leco, era prostituta. Como o cliente não tinha o suficiente para pagar um quarto, o atendeu ali mesmo nas areias de Copacabana. Quando as contrações começaram, o cliente cavalgou a mulher com maior fúria, empolgado com seus gemidos. Depois do gozo, limpou o pênis na roupa dela, jogou algumas cédulas na areia e foi embora. Vera recolheu o dinheiro, lavou-se na água salgada e, sozinha, seguiu para o hospital mais próximo. Apesar de tantos fatores desfavoráveis, Leonardo Antônio de Almeida veio ao mundo tranquilamente, em paz. Vera deu-lhe o nome de Leonardo por ter sido um visionário sonhador, cuja história ouvira um dia de um cliente maluco; e acrescentou Antônio por ser devota do santo.

A internação foi o único período em que Vera se sentiu simplesmente mãe, encarregada de cuidar e amamentar o seu rebento. As enfermeiras até se admiravam da satisfação com que trocava fraldas, dava banho, embalava a criança. Durante dois dias, dentro daquele hospital, ela pôde exercer plenamente a maternidade, sem pensar em mais nada. E saboreou cada minuto da internação ao lado de seu filho.

Ao receber alta, recebeu de volta também a angústia de um futuro incerto para a criança, pela qual ela agora era responsável. Para voltar para casa, Vera embrulhou Leonardo num saco e improvisou uma barriga com o travesseiro roubado do hospital. Precisava ludibriar o dono do conjugado que dividia com outras prostitutas, pois toda vez que se deparava com a barriga de Vera pelos corredores, ele mencionava que a presença de uma criança chorona causaria muito aborrecimento.

Com ajuda das colegas, Vera escondeu Leonardo por seis meses. Quando o menino chorava de cólicas ou fome, lhe tampavam a boca com uma fralda para que não fosse ouvido. As prostitutas faziam rodízio na ocupação do conjugado, e todas se alternavam na tarefa de cuidar do menino enquanto Vera trabalhava. Mas o proprietário começou a desconfiar da gravidez de Vera, que nunca terminava. Não durou muito para que descobrisse a presença de Leonardo no imóvel, e Vera foi expulsa. Mãe e filho passaram a morar onde lhes dessem guarida. Às vezes, na falta de um teto, era na rua mesmo que os dois se instalavam.

Trabalhar como prostituta e cuidar de uma criança não eram tarefas que se harmonizassem: na execução de uma, a outra era sacrificada. Já que era a prostituição que matava a fome de Leonardo, o lado dele era em geral menos favorecido: quase sempre era amordaçado e amarrado para que a mãe pudesse trabalhar, ou entregue aos cuidados de qualquer um, incluindo malucos e sádicos. Era maltratado de tantas formas diferentes que, já passado dos dois anos de idade, não falava e se locomovia com dificuldade.

Vera tinha consciência de que mãe servia para alimentar, amar e proteger o filho, e o que ela estava fazendo passava longe disso. Chorava baixinho quando encontrava uma nova lesão na pele do filho, e quando a revolta era grande demais, agredia o algoz fisicamente. Mas tinha que abandonar rapidamente a pousada, antes que a polícia chegasse, a prendesse e lhe tirasse o filho. De volta às ruas, com Leonardo nos braços, seria mais uma noite sem produzir e sem ganhar dinheiro para se manter e arranjar outro pouso.

Sem alternativas, muitas vezes pensou em entregar a criança para alguma instituição do governo, onde o menino teria melhor sorte. Mas ainda lhe restava uma saída: recorrer ao seu irmão mais velho, Teté, que tinha um negócio próprio no subúrbio. Vera não o via há anos, e sua relação com ele nunca fora fácil, por isso se sentia insegura em retomar o contato com ele.

Como as coisas não podiam piorar, já que estavam no fundo do poço, Vera levou Leonardo Antônio para viver no Centro de Formação Espiritual Pai Tenório.

4.
Centro de formação espiritual
(1989)

O negócio próprio de Teté era um misto de centro espírita, esotérico, existencialista e doutrinário, onde, oficialmente, ele recebia a visita de pessoas pobres que queriam ser ricas e pessoas ricas que queriam ser mais ricas; extraoficialmente, o centro era um abrigo para sessões de orgias regadas a champanhe e cocaína, embaladas ao som de cânticos religiosos e instrumentos de percussão de origem africana.

As cerimônias sempre tinham, em princípio, uma proposta mística, quase romântica, com Pai Tenório recebendo entidades do bem e dizendo aquilo que cada crente gostaria de ouvir, recompensado, obviamente, por gordas gratificações em dinheiro. Mas, à medida que a madrugada avançava, apenas os chamados "simpatizantes" da tendência libero-doutrinária permaneciam, para participar das orgias que Teté organizava. Os ânimos se exaltavam, levando os participantes a um comportamento histérico, tomados pelas drogas e pela música ensurdecedora. Rolavam pelo terreiro de chão de barro, babando, uivando e sujando as roupas caras, de grifes famosas. Homens e mulheres se possuíam entre si, numa libertinagem frenética, capaz de espantar o próprio demônio se ali chegasse. Animais eram sacrificados em favor da luxúria. Cães e cadelas, criados no vício, eram enrabados pelos mais afoitos. Não raro as pessoas saíam do Centro com profundas feridas de mordidas caninas, já que a resistência do animal, em vez de desestimulá-los, os excitava.

Por ter uma lista de conhecidos influentes, pessoas que lhe deviam favores ou lhe confiavam segredos quando estavam em transe, Teté não era incomodado pela polícia, apesar das denúncias da vizinhança. Não que soubessem do que se passava, ou assistissem às sessões orgíacas promovidas pelo vizinho veado, mas desconfiavam dos gritos que se faziam ouvir madrugada adentro.

Era um bairro de classe baixa, e as vozes desses vizinhos não faziam muito barulho quando reclamavam, vozes quase sempre silenciadas pelas fartas festas de Natal e de São Cosme e Damião patrocinadas pelo Centro, com distribuição de presentes e doces às crianças. Nessas ocasiões, Pai Tenório fazia questão de seguir um ritual de receber suas criancinhas, limitando-se a beijos e tapinhas na cabeça. Seus olhos, porém, vagavam sobre elas com um objetivo moralmente menor, analisando um possível investimento libidinoso para o futuro.

Teté era um depravado, sórdido pedófilo que não controlava seus ímpetos de satisfação sexual. Livre de qualquer peia moral, enquanto presenteava as crianças as imaginava como participantes ativas, realizando seus sonhos repletos de devassidão. E este tinha sido o principal motivo que levara Vera, aos quinze anos, a fugir dele e de casa.

Cinco anos mais nova que Tenório, Vera sabia desde pequena por que o irmão se trancava com amigos no quarto na ausência dos pais, que tinham verdadeira adoração pelo primogênito. Ao contrário dela, que era fruto do acaso, Teté fora concebido com muito amor, e por isso toda a atenção da casa se concentrava no filho mais velho.

Ao atingir a puberdade, a menina atraiu o interesse do irmão, que passou a entrar no seu quarto sem bater, criando oportunidade para surpreendê-la em trajes menores, ou até mesmo nua. Tenório andava pela casa sorrateiramente, espionando pelo basculante do banheiro, pelo buraco da fechadura, atrás das portas. Ficava agachado na porta do quarto dos pais, observando o que ocorria lá dentro. Dissimulado, tentava tocar o corpo da irmã em lugares impróprios com a desculpa de acarinhá-la.

Quando a situação se tornou insuportável, Vera contou aos pais o que acontecia, mas sua reação foi a pior possível. Revoltados contra ela, não a perdoaram por lançar tamanhas injúrias sobre o próprio irmão, e a surraram para que nunca mais fizesse intrigas. Tal desfecho fortaleceu ainda mais o poder de Tenório, que, por seu lado, nunca a perdoou, e prometia se vingar da delação.

Certa vez, aproveitando a ausência dos pais, Tenório convidou alguns amigos para uma festa. Tinha tudo planejado. Durante a festa diria que a irmã era uma putinha que gostava de pau grande, não seria difícil convencê-los a atacá-la. Os rapazes a perseguiram pela casa, mas não a alcançaram, porque ela se trancou no quarto, e eles concluíram que o esforço não valeria a pena.

Vera passou a viver apavorada, sem ter com quem contar. Protegia-se das ameaças sem despertar a atenção dos pais. À noite, quando todos se recolhiam, trancava a porta do quarto, destrancando-a bem cedo antes que a mãe acordasse. E arranjava formas diversas para ficar fora de casa durante o dia.

Enquanto isso, em sigilo, ia juntando o dinheiro que ganhava trançando bijuterias e entregando encomendas. Planejava sua independência para os seus dezoito anos. Ingenuamente, acreditava que passaria incólume pelas torturas domésticas até a maioridade. No entanto, bem antes disso, um dia encontrou Teté no seu quarto segurando o punhado de dinheiro que vinha guardando. Teté ameaçou inventar para os pais que Vera os vinha roubando, caso ela não cedesse às suas vontades.

— Mas eu não roubei de ninguém, Teté, ganhei esse dinheiro trabalhando.

— E você acha que papai vai acreditar nessa historinha? Vou armar um fuzuê tão grande que é bem capaz de ele chamar a polícia para te levar. Vamos logo, antes que mamãe chegue — ele ordenou, sem se comover com o choro da irmã.

— Mas você é meu irmão, Teté.

— Se você tem que dar para alguém, melhor que

seja para seu irmão, não é mesmo? Fica tudo em família.

Quando percebeu que não teria escolha senão ceder aos desejos de Tenório, Vera quis saber se em seguida ele lhe devolveria o dinheiro. Cínico, ele garantiu:

— Claro que devolvo, você sabe que eu não te quero mal, irmãzinha.

Teté cumpriu o que prometera, mas se antecipasse as consequências dos planos de sua irmã, nunca teria devolvido o dinheiro. Naquele mesmo dia, humilhada, ela arrumou suas coisas e sumiu no mundo. Sem outro alvo em que se focar, toda a atenção dos pais se voltou para o filho mais velho.

Teté concordou em ajudar Vera e Leonardo. Afinal, um homem espiritualizado como ele não estava apegado a sentimentos menores de rancor e vingança, disse-lhe ao telefone. Mas o que ele realmente queria era tripudiar sobre o fracasso dela. Ao denunciar sua conduta aos pais, Vera lançara a dúvida no ar, fazendo com que os velhos passassem a observar mais atentamente o comportamento do filho, o que culminou na certeza de que Tenório não valia um tostão sequer. Isso matou de desgosto o pai, moralista convicto, cuja vida era dedicada a trabalhar e construir uma vida confortável para sua família. A mãe não sobreviveu ao marido por muito tempo.

Tenório atribuía à fuga de Vera a perda da sua liberdade. Por não terem mais um objeto de perseguição, personificado na filha caçula, os velhos passaram a se dedicar exclusivamente à educação do filho, o que para ele se revelou um castigo.

Agora, aceitando Vera em sua casa, teria oportunidade de reavaliar o mal que ela lhe causara, e quem sabe até se livrar da culpa incômoda pela morte dos pais. *Além do mais*, pensou, *um cidadão honesto, cumpridor dos seus deveres para com a sociedade e o Estado não tinha por que carregar culpa.*

A vida dá muitas voltas, pensava ele. *Aqui se faz, aqui se paga.* Por ironia do destino, os dois irmãos tinham trilhado caminhos parecidos, embora um utilizasse o sexo como instrumento de trabalho e o outro, como instrumento do prazer. E foi num antro de devassidão e mágoas que Leonardo Antônio de Almeida iniciaria a formação de sua personalidade.

Leco já não era mais amordaçado como antes, e era até bem tratado. Havia muitas filhas de santo a paparicá-lo com boa alimentação, banho quente na hora certa, passeio na pracinha. O bom tratamento destravou sua língua e suas pernas, e o garoto fazia questão de exibir o quanto era esperto, ligeiro e inteligente. Quanto a Vera, fornicar com estranhos já não lhe parecia nada absurdo, e toda vez que Teté ordenava, ela se deitava com algum cliente endinheirado. Talvez por não haver mais o que violar, o interesse de Tenório passava longe dela, mas Vera percebeu os olhares que ele lançava sobre o sobrinho lampeiro, correndo solto pelo terreiro.

— Benza Deus, esse moleque tá bem parrudinho.

Leco, na sua inocência, ficava todo orgulhoso dos elogios.

— Mostra o muque pro titio, mostra. Nossa! Como tá forte! — dizia, apertando o bracinho magro da criança.

Leco gostava de se exibir para o tio, a quem admirava. Sempre que podia, lá estava o garoto ao redor de Tenório, contando uma história, mostrando um passo de dança ou um golpe de luta que havia aprendido. Nessas ocasiões, Vera disfarçava e afastava o filho de Tenório.

— Benza Deus! Nossa! Tá fortão. Mas tu é macho?

— Sou! — Leco gritava.

— Tu é macho mesmo?

— Sou sim, tio.

— Duvido. Não tem nem bilau.

— Tenho sim, tio. Tá aqui, ó.

E todos riam a valer da ingenuidade da criança. Menos Vera. Pressentindo o pior, correu a dar palmadas no filho, e quando ficaram a sós, obrigou-o a prometer que nunca mais mostraria seu bilau para ninguém, nem mesmo para o tio Teté, e nem permitiria que tocassem no seu bumbum. Caso quebrasse a promessa, seu bilau cairia e ele viraria mulherzinha. O menino tinha pavor de virar mulher. Por isso, com os olhinhos vermelhos de chorar, prometeu à mãe que nunca deixaria que tocassem seu bumbum.

Nas noites de quinta a sábado, quando Pai Tenório, com trajes de ser iluminado, recebia seus convidados para as festas particulares, Vera escondia o filho dentro do armário, embaixo da cama, na casa de um vizinho, em qualquer lugar seguro onde pudesse esperar o efeito do transe terminar. A atitude da mãe confundia o garoto, o apavorava, até. Mas ele obedecia, porque, nessas ocasiões, Vera exibia uma expressão facial insana, que o assustava. A loucura realmente se apoderava dela. Depois de tantos anos, não podia acreditar que o inferno havia voltado. Tudo se repetia, mas o alvo agora era Leonardo, cuja infância Tenório ambicionava.

Para Vera, o jogo de gato e rato terminou após longos cinco anos. Quando Leonardo se mostrou independente, e ciente do perigo que as noites traziam, Vera o trocou por um vendedor de bíblias que entrara no Centro como um messias salvador de almas e saíra como um pecador apaixonado, levando consigo a mãe de Leonardo.

Acreditando que a mãe voltaria para buscá-lo assim que pudesse, Leonardo ainda manteve por algum tempo o ritual de se esconder durante as noites ou se fazer de invisível durante o dia, chorando baixinho no armário da cozinha para que ninguém visse ou ouvisse. Mas sua existência foi notada quando o tio, prevendo rios de dinheiro, resolveu fazer vídeos pornográficos para sua clientela seleta. A participação de crianças valorizava o material. Então, aos sete anos, Leco estreou no cinema. Durante as filmagens, era lambuzado de mel, talco ou vaselina, e pessoas estranhas passavam a mão por seu corpo pequeno. Ele não se importava, até se divertia, peidando na cara de quem tentasse beijar sua bunda.

Leco nunca reclamava. Sentia-se responsável pela fuga da mãe. Se tivesse se comportado, Vera não teria ido embora, e seu retorno dependia da obediência dele.

Mesmo abusando do sobrinho, Teté se sentia lesado mais uma vez pela irmã. Vera o havia sacaneado de novo, deixando com ele o peso gerado em seu útero, única característica feminina que Tenório não invejava.

Mesmo usando Leonardo do jeito que usava, Teté não conseguiu atingir Vera conforme desejava. Ela estava longe e rindo dele. Talvez até tivesse planejado tudo aquilo, parir um problema para o irmão afeminado sustentar. Aquela vaca lhe devia, e ele precisava dar um jeito de receber. E foi assim que Leco acabou abrindo a cabeça de Tenório com um martelo, enquanto o tio, para cobrar mais veementemente a dívida de sua mãe, tentava sodomizá-lo.

O Centro Espiritual foi fechado, e teve início uma investigação pouco severa, com rápido arquivamento, quando alguns livros com nomes muito influentes foram encontrados no cofre do Pai Tenório. Alguns poucos depoimentos foram tomados dos vizinhos, dos quais se colheram apenas fofocas e desconfiança. Os garotos da rua diziam que tio e sobrinho, em noite de lua cheia, se esfregavam tanto que viravam lobisomens. Alguns até juravam ter visto os dois uivando para a lua.

Restabelecido, o tio procurou o sobrinho por algum tempo, mas depois desistiu, convencido de que, se em sua vida a história se repetia com pequenas alterações, alguém lhe mandava uma mensagem do além, e desta vez ele devia ouvi-la. Já Leco buscava distância daquilo que seu tio representava, além de um pouco de segurança.

5.
Leco nas ruas
(1997)

Perdido nas ruas, Leonardo conheceu vários garotos que lhe ofereceram oportunidade de ganhar dinheiro trepando com ricaços da Zona Sul. Mas, apesar da pouca idade, já tinha visto o suficiente dessa prática para saber que não iria favorecê-lo. Por isso, recusou. Não fugira do tio para fazer nas ruas o que não queria fazer em casa.

Por uma semana perambulou pela cidade, esmolando, dormindo sob marquises, passando muito frio e fome. Suas roupas estavam sujas e rasgadas, e ele com vontade de chorar, principalmente à noite, quando tinha que escolher uma calçada fria, apertando com as mãos o estômago dolorido. Era o preço para quem se recusava a roubar. Além disso, aquele que não roubava não tinha "família", não era aceito nas "gangues" e não recebia proteção. Existiam muitas gangues de crianças de rua espalhadas pela cidade. Leco, no início, nem entendia como tantas crianças tinham ido parar nas ruas, sem casa e sem família.

Com o tempo, percebeu que eram comuns histórias como a sua, e até piores.

Isolado, Leonardo se preocupava ao procurar um lugar desocupado para dormir, pois quando não era expulso pelas "gangues", era incomodado pelos tarados ou surrado pela polícia. Em certa noite, dormia na calçada ao lado de uma lixeira, coberto por jornais, quando foi acordado por um choro de criança. Antes que pudesse abrir os olhos, ouviu um estampido e identificou imediatamente o som de um tiro. Seu coração disparou, e o corpo começou a tremer. Como não sabia de onde o som viera, com muito cuidado para não ser notado fez um furo no jornal, pequeno o suficiente para não ser visto e grande o suficiente para enxergar o que ocorria.

Era a gangue de Demente que chorava à distância. Demente era um garoto piolhento de uns quinze anos, que, como já sugere o apelido, parecia ter um parafuso a menos. Mas tinha coragem para liderar os outros garotos pela cidade. Olhando através do furo, Leco pôde concluir que Demente já não liderava mais ninguém, porque um homem encapuzado o tinha arrastado para longe da turma, acertando-lhe um tiro à queima-roupa.

O sangue escorreu, preenchendo as rachaduras do calçamento. Apavorado, além de se preocupar com a possibilidade de o homem armado reparar no tremor do embrulhinho perto da lixeira, Leco viu o sangue de Demente serpentar em sua direção pelas valetas do chão. Não gostou da ideia de ter aquele líquido vermelho passando por baixo do jornal até alcançá-lo. Parecia pegajoso, ia sujá-lo todo.

Enquanto divagava, outro estampido o assustou. Mais um garoto foi morto e jogado em cima do anterior. Seu sangue também escorreu pelo calçamento, engrossando o rio vermelho que romperia a "represa Leonardo Antônio" para desembocar num rio maior na sarjeta. De repente, uma outra figura, também armada, surgiu em cena e atirou num dos homens encapuzados, desnorteando a todos. Os garotos aproveitaram a confusão para bater em retirada, como baratas afugentadas pelo acender de uma lâmpada. Leonardo também queria fugir, mas somente ensaiou a fuga; não conseguiu se mover por causa do terror que o paralisava, sem contar que estava fraco depois de longo jejum.

O homem que salvou os meninos fez um sinal para um colega que o esperava no carro, chamando-o para perto da lixeira. Leco pôde ouvir a conversa entre eles e soube que um deles, chamado Tito, tinha atirado e matado o encapuzado, que era um policial. Estavam tão próximos que Leonardo poderia tocá-los se quisesse, mas preferiu alertá-los da presença de outros homens encapuzados amoitados nas cercanias.

Ao ouvir a voz infantil, vinda do montinho de lixo no chão, os dois homens se assustaram. Mas só por um segundo, recompondo-se quase que de imediato, e percebendo o risco que estavam correndo. Já era tarde. Estavam cercados. Seguiu-se um intenso tiroteio na praça, Tito ficou sem munição e seu companheiro foi morto.

O som de sirenes anunciou a aproximação de viaturas policiais. Os homens encapuzados descobriram os rostos, para não terem que dar explicações a respeito da matança na praça. Certamente relatariam para os colegas, que se aproximavam, apenas o confronto armado, omitindo as duas execuções. Havia, porém, mais uma providência a ser tomada antes que o lugar se apinhasse. Tito deveria ser executado. Quase simultaneamente, enquanto um revólver era apontado na direção de Tito, outro lhe foi lançado por Leonardo, que arranjara coragem para sair de baixo dos jornais, apanhar a arma do policial morto e jogá--la. Tito pôde se defender e fugir, antes do disparo do policial.

Na fuga, Tito ainda conseguiu ver os homens enfiando um garoto dentro da viatura. Pensou em voltar, mas não podia.

∗∗∗

Para Leonardo, o período dentro da instituição para pequenos infratores não foi dos piores. Até conseguiu engordar um pouquinho. Ajudava os empregados na limpeza dos dormitórios, varria as folhas das amendoeiras que caíam pelo chão em volta dos prédios. Havia injustiças, sim, mas por ser muito pequeno, ele não era incomodado. Por algumas semanas viveu sem sobressaltos, embora tivesse pesadelos por noites seguidas.

Quando estava quase convencido de que tinha encontrado um lar, apareceu em seu dormitório um delinquente metido a valente, com quatro dedos faltando na mão esquerda, que foi chegando e perguntando quem era Leonardo. A princípio, nenhum dos meninos respondeu, mas Leonardo, saindo de trás de um beliche, bateu no peito e se identificou. O rapaz se espantou.

— Seu nome é Leonardo?! — perguntou, desconfiado.

— É, sim.

— Tá pensando que sou besta, moleque? Você não pode ser o Leonardo que eu tô procurando.

Para ter certeza, o rapaz perguntou como ele tinha sido apreendido, e Leco contou.

— Não acredito. Quer dizer que foi tu que salvou o Tito? Chega a ser engraçado, um bostinha desse tamanho! — e riu, deixando Leco confuso. — Mas isso não interessa, o que interessa é que tô aqui pra te tirar da gaiola.

— Me tirar daqui? Mas eu não quero sair.

— Olha aqui, seu espirro de pica, não tô nem aí pro que você quer, falou? Tenho ordem de tirar você daqui e vou tirar, porque sou o Cotoco. Amanhã de manhã a gente se manda, tive um trabalhão pra te encontrar.

Cotoco saiu, e Leonardo, decidido a não ir embora, resolveu delatar o plano de fuga, logo de manhãzinha. Que história era essa? Quem era esse tal de Cotoco para sair por aí dando ordens? Não estava a fim de sair. De manhã ele falaria com a assistente social, e tudo estaria resolvido.

À noite, Leco teve pesadelos. Sonhou que estava dormindo, sabia que estava dormindo, mas não conseguia acordar nem se mexer, tentava gritar mas não conseguia. Pessoas em volta de sua cama laceravam sua carne com facas enormes, e cada uma tirava um naco para si, deixando à mostra os ossinhos brancos.

Pela manhã, ao se dirigir à sala de assistência social, Leco viu um homem entrando no prédio. Identificou-o de imediato. Era seu tio, que ele imaginava morto. Escondido, esperou que ele partisse para então se informar sobre o que estava acontecendo. A assistente social explicou que o tio estava doente e o queria de volta. Diante da relutância do menino, tentou convencê-lo de que o melhor lugar para uma criança era perto de sua família.

Mas o juízo que Leco fazia de "família" não passava nem perto do que a assistente imaginava. Leco, melhor que ninguém, conhecia o caráter do tio Tenório. Então, em vez de denunciar o plano de fuga, fugiu com o rapaz delinquente para o morro do traficante Tito.

6.
Leco e Tito
(2003)

Quando Leco e Tuca trocaram socos numa das vielas do morro, os olheiros de Tito correram para deixá-lo a par do ocorrido. Ao contrário do que supunham os informantes, o chefe não quis interferir, deu corda para que os fatos se desenrolassem por si. A menos que o resultado o incomodasse. Aí, sim, ele tomaria providências.

Depois de deixar a casa de Tuca, Leco retornou à fortaleza de Tito, uma estrutura de muros altos e portões resistentes construída no alto, com vista privilegiada dos acessos ao morro, para que seus ocupantes se antecipassem às esporádicas diligências policiais.

— Que cara amassada é essa? Foi atropelado pelo caminhão de lixo? — Tito fingiu desconhecer os últimos acontecimentos.

Mesmo que o olheiro não tivesse relatado, seria fácil, lá de cima da torre de comando, tomar conhecimento da briga ocorrida entre seu protegido e o gordo desengonçado.

Leco, muito à vontade, pegou uma cerveja na geladeira e se jogou no sofá ainda com o plástico da loja. A ligação entre os dois era muito forte, consequência do incidente na praça onde Leco salvara a vida de Tito.

— Eu caí — Leco mentiu. E desconversou: — Vem cá, quando é que você vai tirar esse plástico chato do sofá? Tá quente pra cacete.

— Quando der na minha telha, falou? — Tito sentou-se numa poltrona reclinável. — Você caiu, é?

— É — Leco respondeu, em tom agressivo.

— Você tem uma entrega pra fazer, não vai esquecer.

— E eu já esqueci alguma vez?

E deram o assunto por encerrado. Leco era o único com liberdade para falar com Tito daquele jeito sem receber o devido castigo. Tito praticamente o adotara, e se sentia responsável por ele. Fez de Leco seu braço direito, mesmo quando o garoto não tinha idade para tanto.

O conhecimento de Leco sobre ocultismo intensificou a ligação, já que Tito, supersticioso, acreditava que fora um sinal dos deuses aquela criança cruzar seu caminho. No dia do tiroteio, já estava encomendando a alma ao diabo quando, de repente, uma arma caiu a seus pés, vindo de um molequinho que surgira do nada. Ele a pegou, atirou no policial e fugiu, enquanto outros policiais se aproximavam rapidamente. Ainda conseguiu ver que seu salvador estava sendo apreendido. *Menos mal*, pensou. Pelo menos ainda estava vivo.

Assim que se viu em segurança, Tito encarregou alguns membros do bando de investigar, identificar e resgatar seu anjo da guarda. E assim foi feito. Cotoco o encontrou na instituição para menores e o levou para o morro.

Além da gratidão, Tito afeiçoou-se por Leco de cara, e o acolheu. Tudo no garoto o divertia: a desconfiança inicial, a petulância das respostas malcriadas, quando não concordava com alguma coisa. Leco era perspicaz e inteligente, além de sério e responsável, mesmo tendo respostas espirituosas na ponta da língua.

Dentro dos seus preceitos educacionais, Tito fazia de tudo pelo afilhado, mas não o expunha a perigos desnecessários. Apesar dos protestos do garoto, que ansiava por novos desafios. Leco foi crescendo protegido, recebendo tarefas que lhe exigiam mais cérebro que músculos.

Percebendo a frágil compleição física do protegido, Tito o ensinou a lutar, treinando-o na arte da evasiva com o manejo da faca. "Desvio sempre, confronto nunca", dizia. Sentia-se orgulhoso de cada progresso alcançado por Leco, mas não estava seguro quanto à sua sucessão. Talvez fosse melhor que Cotoco o sucedesse, já que o afilhado tinha outros interesses: fome de saber, curiosidade por novidades, uma ambição que não cabia nos limites do morro. Tito percebia a variação de humor do afilhado. Era como se Leco estivesse sempre insatisfeito, não importando as realizações alcançadas.

Essa insatisfação tinha piorado muito desde que Leco passara a andar com aquele porra louca do Tuca. Que diabos ele tinha visto naquele pobre coitado?

Sua impotência deixava Tito intranquilo. Os dois rapazes se aventuravam em áreas fora do seu controle, e não poderia fazer nada para protegê-los, caso o pior viesse a acontecer.

7.
Maioridade de Leco
(2005)

A discrição de Leco causava curiosidade em todos no morro, inclusive em Tuca, mas ninguém tinha coragem de perguntar a respeito de sua origem. Era como se sua vida tivesse tido início naquela praça, quando se deparou com Tito. Nunca mencionara o incidente com o tio pederasta, com quem vivia depois de ter sido abandonado pela mãe, que fugira com um vendedor de bíblia filho da puta.

Para Tuca as tendências sexuais de Leco eram um mistério. Estranhava que o amigo não tivesse desejo por mulheres. Por outro lado, também não tinha por homens, e isso para Tuca já era o suficiente. Pensar em certas coisas servia apenas para criar chifre em cabeça de cavalo, por isso não fazia perguntas, e também porque o que não é dito não existe. Além do mais, o amigo já havia provado diversas vezes que era um cara muito macho, enfrentando situações arriscadas, incluindo aquela em que salvara a vida de Tito.

Uma diversão dos dois era atacar uma mocinha

nas ruelas mal iluminadas do morro. Leco se divertia ao ver Tuca, animalesco, violar alguma desprevenida, enquanto ela se debatia inutilmente. E Tuca, por sua vez, sentia prazer em divertir o amigo.

Leco tanto que fez, que conseguiu tirar Tuca da escola, para desgosto de Dona Ermínia.

— E até quando vai ficar nessa de tirar diploma de primário? — perguntou-lhe certa vez. — Olha, você já tem quinze anos, tá atrasado três e não consegue ir pra frente. Se não fosse a professora te empurrar, você ainda estaria no primeiro ano, Tuca. Tu é burro, cara. Cai na real. O que você quer mais pra se convencer de que estudo não é teu forte?

Tuca ouvia, cabisbaixo, reconhecendo que não tinha jeito mesmo. Trabalhava que nem um burro e frequentava a sala de aula igualmente como burro. A Dona Ermínia restou apenas rezar para que seu filho não aparecesse numa vala, como tantos que ela já vira. Fingia acreditar quando Tuca dizia que havia ganho dinheiro vendendo garrafas, latas, limão ou lavando carros. No seu íntimo, sabia a verdade, mas tinha esperança de que tudo fosse uma fase ruim e que logo teria seu filho de volta.

Leco tinha ideias arriscadas demais para a cabeça do companheiro, sempre desafiando o perigo. Nem sempre davam certo, aí eram pegos e presos. E liberados, por serem menores. Voltavam às ruas e aplicavam novos golpes, porque os antigos estavam manjados. Faziam incursões pela cidade, contrariando as ordens de Tito. Até que Leco completou dezoito anos.

— Leonardo — interveio Tito — você agora é de

maior e pode se virar sozinho. Tô sabendo que você já é bicho solto há muito tempo, dando golpes por aí. Vieram até me dizer que você tava querendo me dar a volta nos negócios, mas não sou de me emprenhar pelo ouvido, por isso dei um corretivo no dedo-duro — disse, referindo-se a Cotoco. E continuou: — Tu tá com dezoito anos, e de presente eu tô te dando a liberdade. Não precisa mais trabalhar pra mim. Meu outro presente é este 38, meu primeiro berro. É usado, é velho, mas tem boa mira. De bom material. Agora, seu merdinha, só te dou um aviso: cuidado com quem tu trabalha. Eu te ensinei, e tu aprendeu direitinho, não bebe e não se droga, não mistura farra com trabalho. Mas o cara que tá contigo, esse, eu não sei. Tem muito tamanho e pouco miolo na cabeça. Já tive pra queimar ele, e só não queimei porque é teu amigo. Ele gosta de ficar doidão e comer qualquer mulher. Cuidado com ele, pode te derrubar.

Tito tinha conhecimento das confusões nas quais o afilhado vinha se metendo, tudo por conta daquela insatisfação que lhe era característica. Tinha conhecimento, mas não interferia, a ponto de causar problemas de disciplina dentro do bando, uma vez que nem todos eram punidos com o mesmo rigor, evidenciando a proteção concedida a alguns.

Cotoco costumava vigiar Leco de perto, mesmo sem ordem do chefe, e certa vez denunciou o desaparecimento de parte das encomendas pelas quais Leco era responsável. Tito, porém, em vez de punir Leco pela falha, repreendeu Cotoco pela delação. Cotoco não se conformou com a repreensão. Ele mesmo fora punido pelo bando anterior, no passado, por ter desviado uma pequena quantidade de cocaína. Cortaram-lhe os dedos da mão esquerda, por isso a alcunha. Na época, Tito se apiedou de Cotoco, acreditando que o castigo a ele impingido o marcaria de tal forma que não se atreveria a repetir o malfeito, e o trouxe para perto dele.

Leco ouvia as recomendações do padrinho com atenção, sabendo que ele tinha razão. Mas Tuca era como um irmão para ele. Já tinham entrado e saído de muitas brigas juntos. Quando agiam, se entendiam bem, sem contar que Leco se sentia responsável por Tuca. Entretanto, não sabia como evitar que Tuca se metesse em encrencas, arrastando-o para dentro de alguma confusão grande demais para que saísse ileso.

Que o amigo era um viciado, Leco já estava cansado de saber. A despeito de todos os conselhos que lhe dera, Tuca não conseguia resistir, e vivia em função das drogas. Era esse o motivo do desfalque nas encomendas que Leco era encarregado de entregar. Com pequenas retiradas periódicas, Leco conseguia controlar o temperamento do amigo, dominando-o por meio de chantagens e ameaças. Se Tuca não agisse conforme as orientações de Leco, não receberia a porção diária.

Só que Leco já estava cansado dessa rotina. A maioridade lhe trouxera o cansaço da vidinha sem horizontes que levava. Desde que realizara o sonho de ver o mar, apesar das circunstâncias negativas, nunca mais tivera outro sonho realizado, o que prenunciava um futuro sem alterações. Talvez devesse sair do morro, ir embora, sumir no mundo para conhecer novas pessoas e lugares. E um dia ter carro, com documento no nome dele, provando que era seu. Ele podia, era inteligente. Compromisso com Tito já não havia mais, tinha sido liberado. Mas o que fazer com Tuca, que vivia grudado nele, cambaleando de tão bêbado e tão cheirado?

A conversa com Tito e tantas outras cismas fizeram efeito, mas por pouco tempo, porque a aflição de Leco deu lugar à ansiedade por estrear a novidade, o presente que o padrinho lhe dera. Resolveu sair para espairecer, levando Tuca consigo para fazer um ganho com a nova arma.

Sob protestos de Tuca, os dois se pentearam, tomaram banho, puseram desodorante e se vestiram muito bem. Leonardo não se descuidava da aparência, que denunciava qualquer rato de praia. Um homem bem-vestido passava despercebido por uma blitz, mesmo estando num carro roubado. Quando via dois rapazes tipo mauricinho, num carro do ano certamente emprestado pelo papai, a polícia nem desconfiava que eram do morro. Se pintasse sujeira, a lábia de Leonardo entrava em ação e os dois escapavam da cana. Mas Tuca precisava se fingir de mudo; se não, nada feito.

Era difícil incutir certos preceitos na cabeça dura de Tuca, mas Leco sempre dava um jeito.

— Que área vamos rastrear hoje, Tuca?

— Bom, aquela que você disse ontem.

— Aquela da Zona Oeste?

— É, aquela mesma.

Leco sabia que Tuca não tinha ideia do que fariam a cada saída, mas perguntava só para dar a Tuca a sensação de que comandava a dupla.

Às vezes, saíam ao acaso, e de repente era um

carro mal fechado, uma casa de porta aberta. Já estavam escolados no ofício. Durante a fase de aprendizado, pensavam que as mulheres eram alvos fáceis, principalmente as velhinhas. Mas estas, ah, eram caixas de surpresas. Leco teorizava: por serem muito idosas, as velhinhas se acham intocáveis e imortais, por isso reagiam aos assaltos da forma mais imprevisível possível. Certa vez, os dois cercaram uma senhora que, com as chaves nas mãos, tentava abrir a porta de casa. Trazia uma bolsa grande de palha presa ao braço, e, quando percebeu o assalto, iniciou uma espécie de dança da chuva diante dos dois homens boquiabertos, brandindo a bolsa e vociferando desaforos.

Os vizinhos começaram a pipocar nas portas e janelas, alertados pelos gritos de socorro. Assustados, Leco e Tuca se afastaram e fugiram. Mas, surpreendentemente, a velha os perseguiu por dois quarteirões, gritando e xingando, enquanto Leco puxava a camisa de Tuca para que ele, puto da vida, não parasse e enchesse a velha de porrada. Até hoje Leco se perguntava como uma velha de cem anos pôde correr tanto.

Com a arma que Tito lhe dera, não precisariam mais fazer pequenos roubos. Poderiam ir mais além, roubar de quem realmente tinha dinheiro. Invadir uma mansão, por exemplo. Tuca conhecia algumas, já que muitas vezes acompanhara a mãe em dia de faxina.

— Ai, não, Leco. E-eu não vou fa-aa-zer isso não. Nee-negativo.

— Tudo bem, Tuca. Não precisa ficar nervoso — Leco desconversou, enquanto pensava numa nova estratégia para convencer o companheiro.

Os dois estavam sentados no degrau da porta de uma birosca. Tuca tomava cachaça, mas Leco brincava com o copo, fingindo beber, e pedia mais bebida para Tuca toda vez que seu copo esvaziava. Os dois não perceberam, mas Nonato, o dono da birosca, já havia telefonado para Cotoco, informando que estavam ali planejando um novo golpe.

— Tudo bem, tudo bem, se você não quer, tudo bem. Eu sei que é a oportunidade da nossa vida, mas você tem razão, estou querendo demais tentando me divertir um pouquinho. Você está certo, é perigoso, você não seria capaz, não é mesmo?

— Ôôô, Leco, e-eu sou ca-capaz de tudo. Vo-você sabe que eu não sou de-des-ses de fugir de-de briga, não. Qualé?

— Pois então, meu amigo, vamos nessa! A gente pode se divertir pra cacete, ninguém sai ferido, eu nem coloco bala no berro.

— Não, Leco! E-eu-eu já di-ii-isse que não, porra! — Tuca gritou, chamando a atenção do dono da birosca, que, nesse instante, trocava olhares com Cotoco, que chegara sem ser notado.

Leco começou a se irritar. Tinha planos de se afastar de Tuca, seguindo o conselho de Tito, mas não tinha grana suficiente para arranjar um lugar melhor longe dali. Além do mais, nunca havia se aventurado sozinho, sem a cumplicidade daquele que aguentara todas as barras pesadas com ele, sem reclamar.

Era chegado o momento de mudanças. Embora Tito o tivesse como braço direito, nunca permitiu que comandasse as operações criminosas. Usava Leco para os serviços menores, tratando-o como criança. Leonardo ganhava algum dinheiro trabalhando com Tito, mas achava que não era o suficiente, apesar de nem ter certeza do que seria suficiente.

— Tá legal, seu merda. Você não tá a fim, vou me divertir sozinho. Vou conseguir muita grana e vou sumir dessa porra de lugar.

Diante da ameaça de Leco, Tuca esmoreceu.

— Ma-mas, Leco, a-a gente sempre se-se divertiu junto, por que agora tem que ser di-diferente? Eu posso derrubar uma mulherzinha pra vo-você rir...

— Já tá dizendo besteira. Eu tô de saco cheio, Tuca. Tô de saco cheio — Leco se levantou e passeou um olhar pelo lugar todo. — Tô de saco cheio do pouco, de nada, desse lugar, de você. Como você quer que seja diferente aquilo que a gente faz todos os dias?

Tuca não sabia o que responder. O amigo estava dizendo coisas estranhas, mais estranhas que aquelas que estava acostumado a ouvi-lo dizer.

— Como é que eu posso me divertir se há anos ouço as mesmas besteiras sendo ditas por você dessa forma gaa-aa-guejante?

Tudo bem, Leco tinha razão, mas havia um bom punhado de anos que Tuca não o ouvia debochar de sua gagueira.

— Leco, vo-você cala aa boca, hein! Vo-você tá me pro-provocando.

— Vo-você tá me pro-provocando — Leco imitou Tuca, choramingando, provocativo. — E o que vo-você pretende fazer, hein, gaguinho?

Tuca faz menção de se levantar, já com o punho

fechado para acertar Leco. Mas este, prevenido, sacou rapidamente o revólver, estancando o movimento de Tuca e provocando-lhe taquicardia.

Preocupado, Nonato se escondeu atrás do balcão, mas Cotoco permaneceu parado atrás de uma pilastra enquanto assistia à discussão.

— Que que táaaa... que-ee que tá aa-acontecendo co-co-co... — muito nervoso, Tuca não conseguiu completar a frase, com o olhar vesgo de olhar fixamente o cano da arma apontada para sua cabeça.

— Lembra quando você me bateu? Pois então, estou prevenido agora, ouviu, seu gigante demente? O que aconteceria se eu apertasse o gatilho? Seu miolo podia sujar todo o estabelecimento do Nonato... ih, que nada, esqueci que você não tem miolo.

— Eee-eu vi vo-você ti-tirando a bala. Ela não tá-aaa carregada — desdenhou Tuca.

— Não? Pois vamos tirar a prova — Leco puxou o gatilho, emitindo um estalido metálico, sem projeção de bala.

Tuca, molhado de suor, respirou aliviado.

— Ee-eu não te-te disse? Tá-aa descarregada.

— É mesmo, não é, Tuca? Não saiu nada. Quem sabe se a gente experimentar de novo?

Exasperado, Tuca disse entredentes, num misto de ódio e desespero:

— Se não me matar, seu veadinho, é bom se esconder, porque vou te caçar aonde tu estiver. E não vou sossegar enquanto não te foder.

Para surpresa de Tuca, em vez de apertar o gatilho, Leco começou a rir como um doido.

— Finalmente uma coisa diferente! Você não gaguejou, seu mané.

Ainda sob efeito do estresse, Tuca ainda respirava com dificuldade enquanto o amigo guardava a arma na cintura.

— Então foi de propósito?

— O que, foi de propósito?

— Essa palhaçada toda que você armou foi de propósito, pra que eu deixasse de gaguejar. Tá vendo, Leco? Não tô gaguejando mais.

Leco não sabia se ria ou se mandava tudo às favas. Era deplorável a ingenuidade de Tuca ao lhe atribuir a cura da gagueira, quando, na verdade, o surto que o acometera ensejava a eliminação do peso que o incomodava, tentando atingir o crânio do amigo com a bala restante no tambor.

— Obrigado, Leco, você é um amigo e tanto. Mas eu te devo alguma coisa.

— Droga, você é muito burro mesmo. Você não me deve nada, caralho, não fiz nada pra te ajudar, não.

— Ah! Devo sim, e vou pagar.

De súbito, Tuca desferiu um soco certeiro no queixo de Leco, que caiu nocauteado.

8.
Prisão de Leco e Tuca
(2006)

Vez por outra, Dona Ermínia era obrigada a levar o filho mais velho para o trabalho, e, desse jeito, apresentou a Tuca um mundo repleto de prazer e riqueza, completamente diferente daquele em que viviam. Não foi difícil para Leco manipular a situação, cultivando a ideia de desigualdade social na cabeça do amigo por meio da comparação dos dois mundos: o excesso de privilégios de um contra o excesso de obrigações de outro. Leco o convenceu de que não era justo que tivessem tão pouco, enquanto aqueles do outro lado tinham tanto, e que não faria mal se tirassem um pouco.

Dos dois, apenas Leco era capaz de alcançar o conceito de consciência moral. Sabia que não seria justo abusar da boa-fé de Dona Ermínia, que sempre o tratara bem, apesar de não concordar com suas escolhas. Porém, diante de suas necessidades, o remorso não era bom conselheiro. Precisava de grana para ir embora e mudar de vida, e a única forma instantânea de conseguir isso era roubando dos patrões de Dona Ermínia.

À noite, Leco e Tuca pularam o muro e forçaram a janela para entrar na casa alvo do saque. O alarme foi acionado. Surpreendidos pelo barulho, desistiram imediatamente, retornando ao jardim. No meio do gramado, foram iluminados por dezenas de holofotes. Um vigia surgiu, apontando um revólver. Apavorado, Leco atirou em sua direção, e o vigia tombou no gramado.

Ao chegarem ao portão, os dois amigos em fuga se depararam com uma viatura da polícia. Ao perceber que estavam cercados, Tuca arrancou a arma das mãos de Leco, e os dois foram presos. Do outro lado da rua, na penumbra, um dos homens de Tito os observava.

***

Sentada no banco da delegacia, Dona Ermínia era a imagem do cansaço, da resignação, do desespero calado. O policial lhe informou que seu filho mais velho havia matado seu João, mas ela se recusou a acreditar.

— Não pode ser. Tuca, meu filho, não faria isso com Seu João. Eles até se conheciam. Não, talvez o guarda tenha se enganado, e basta resolver o engano para que eu possa voltar para casa e cuidar dos meus filhos. Já é tarde, eles ficam preocupados quando não chego. Só pode ser engano. O Tuca já deve até estar em casa a essa hora.

— Maria Ermínia Barbosa! — gritou um policial de trás de um balcão, o que a fez se levantar de supetão para segui-lo até a sala do delegado, onde outro policial a esperava.

— A senhora é mãe de Elísio Barbosa? — perguntou o homem, sentado a uma mesa.

— Elísio Barbosa, sim, senhor, é meu filho.

— Sou o detetive Oliveira. Seu filho foi preso em flagrante. Matou um homem, depois de tentar assaltar uma casa.

— Será que não é um engano, doutor? Meu filho Tuca nunca faria uma coisa dessas.

— Não é engano, minha senhora. E não me chame de doutor. Não sou delegado, sou detetive.

— Me desculpe. Deixa eu conversar com ele, dou... detetive. Ele sempre conta tudo pra mim. O Tuca, meu filho, não costuma mentir. Ele vai contar direitinho o que aconteceu e vamos pra casa.

— Ai, ai, ai. Eu já disse, minha senhora, ele foi apanhado com a boca na botija, não tem como haver engano. E ir embora ele não pode mesmo, só o delegado autoriza liberação e transferência de detentos.

— Onde está o delegado, moço? Deixa eu pedir pra ele soltar o meu menino.

— Agora só de manhã. Se for provado que ele é de menor, o que eu não acredito, ele será transferido para uma instituição para menores infratores. O outro fica.

— Que outro?

— O outro assaltante que estava com ele, como é o nome dele mesmo? — remexeu alguns papéis em cima da mesa. — Ah! Está aqui: Leonardo sei lá de quê. Conhece?

— Conheço, doutor... desculpe... detetive — com sofreguidão, começou a procurar algo dentro da bolsa. — Conheço, ele é perigoso, levou meu filho para o mau caminho, é por isso que Tuca estava afastado dele.

— Tão afastado que planejaram um assalto à mão armada. Seu filho, minha senhora, deve ser muito burro, mas bonzinho ele não é não — disse o detetive, e colocando o revólver no coldre, caminhou para a porta. — Agora, a senhora me dá licença que eu tenho mais o que fazer. Se quiser ficar por aí, pode ficar, mas sem criar encrenca. Só quando o delegado chegar a senhora vai poder ver o seu filho, tá entendendo?

— Estou, sim, senhor — retirou um papel amarelado da bolsa, enquanto o detetive já estava saindo. — Mas eu trouxe a certidão de nascimento do Elísio, e o senhor pode ver que... — percebeu que ninguém a escutava, que estava sozinha — pode ver que meu filho... é só uma criança, doutor! — e ficou parada no meio da sala, desolada.

Dona Ermínia passou a noite cochilando no banco de madeira, esperando o delegado. Enquanto aguardava, assistindo uma TV instalada na recepção, soube pelo noticiário que o morro onde morava estava em guerra, e Tito havia sido assassinado por seu braço direito, o Cotoco.

No dia seguinte, cansada e faminta, ainda esperava a chegada do delegado. Estava preocupada com os filhos sozinhos no morro em guerra, mas não podia ir para casa sem antes ouvir o que Tuca tinha a dizer. No fundo, alimentava a esperança de que tudo não passasse de um engano. Além do mais, tinha medo de que, se saísse, perderia seu filho de vista, pois poderiam transferi-lo para algum lugar inacessível. Como nem o delegado nem o detetive tinham aparecido, pediu ao recepcionista para ver Tuca, só um pouco.

— Tá pensando que aqui é hotel de luxo, onde todo mundo pode dormir e pedir café da manhã? Não começa a encher o saco, não. Vai pra casa, pô!

Dona Ermínia, obediente, voltou para seu banco. Algumas horas mais tarde, ainda cochilando, foi acordada pelo detetive Oliveira.

— Ô, detetive, bom dia. O delegado já chegou?

— Não, ainda não. Mas a senhora pode ver seu filho, eu te levo lá.

— Deus seja louvado, o senhor é muito bom. Deus seja louvado.

— Amém, amém, agora vamos nessa.

O detetive Oliveira a conduziu pelos corredores escuros da carceragem. A luz, apesar de fraca, iluminava as celas abarrotadas de homens seminus, e havia um cheiro forte de urina ao longo do caminho. Dona Ermínia caminhava horrorizada. Nunca tinha imaginado que pudesse encontrar miséria pior do que aquela pela qual tinha passado.

Pararam diante de uma cela e o detetive chamou pelo nome:

— Elísio Barbosa!

Na cela, um cubículo apinhado de gente, alguns presos estavam de pé, encostados nas grades, outros deitados ou sentados onde podiam. Dona Ermínia não conseguia sequer reconhecer o próprio filho no meio daquela massa humana.

— Tuca, meu filho, é a mamãe.

De repente, numa ovação, a carceragem inteira assoviava e gritava "é a mamãe", debochando e rindo. Tuca se levantou no fundo da cela, movimentando-se com dificuldade, não só por não haver chão para pisar. Parecia doente. Tinha o corpo curvado, como se tivesse diminuído nas horas em que estava preso. Sem sapatos e sem camisa, o corpo lavado de suor, revirava os olhos saltados, sem foco.

Através das grades, a mãe abraçou e beijou o filho, chorando.

— Meu filhinho, o que fizeram com você? Eu vou tirar você daqui, tá bom? Não se preocupe. Disseram que você fez uma coisa muito feia, mas eu não acredito e vou te tirar daqui.

— Não aguento mais, mãe. Preciso sair, não quero ficar aqui.

— Vou te tirar, basta o delegado chegar. Vou dizer que a culpa é do Leco, foi ele que te levou pro mau caminho...

— Mãe, escuta. Não tô aguentando. Preciso de uma coisa, é importante que a senhora traga pra mim, mãe. Traz escondido, na bolsa, ninguém vai ver. Tô ficando maluco, mãe.

Ao perceber que Tuca se referia às drogas, Dona Ermínia arregalou os olhos, assustada.

— Deus te perdoe, Tuca, por me pedir uma coisa horrível dessas. Deus há de te perdoar...

— Deus, o caralho, mãe!

— Tuca! — Dona Ermínia elevou a voz para repreender o filho, chamando a atenção do detetive.

Oliveira, que estava afastado, fez menção de se aproximar, mas desistiu, porque estava mais interessado em algo na cela ao lado.

— Tudo bem, mãe, desculpa, tá legal? É besteira pedir à senhora. Faz o seguinte, fala com o Tito em nome do Leco, diz que é ele que tá pedindo, ele não vai se negar a dar a paradinha...

— Minha Virgem Maria, ilumina esse menino.

Na cela ao lado, o detetive Oliveira gesticulava, preocupado. Chamou outros policiais para ajudá-lo a abrir a porta. Diante da insistência de Tuca, que tentava convencê-la a conseguir a droga para ele, Dona Ermínia finalmente revelou que Tito fora assassinado por Cotoco.

Os guardas invadiram a outra cela com armas em punho, para afastar e conter os presos, abrindo espaço para retirar um deles, caído no chão.

— Que merda! Agora fodeu! O Leco já sabe? — Tuca perguntou à mãe, e só aí se deu conta de que a confusão dos guardas acontecia justamente na cela onde Leco fora confinado.

Um corpo foi arrastado para fora e estendido no corredor. Reconhecendo Leco, deitado com a barriga aberta a expulsar todo o conteúdo, Tuca se desvencilhou da mãe, que desfiava uma lista infindável de santos, para, em desespero, soltar um grito de dor. A movimentação dos guardas e o desespero de Tuca agitaram os presos ainda mais. Do lado de fora, a mãe tentava acalmar o filho, mas ele se debatia, esmurrava as grades, ferindo mãos, ombros, cabeça.

Confusos porque não compreendiam o descontrole de Tuca, os guardas se voltaram contra ele, apontando suas armas. Aos prantos, Dona Ermínia se postou na frente das armas para proteger o filho. Com as mãos erguidas, repetia:

— Eu consigo a paradinha, eu consigo a paradinha. Ele vai ficar bem, meu filho vai ficar bem.

Foi necessária a intervenção de Oliveira para que os policiais se acalmassem e não atingissem a mulher, que se recusava a sair da frente.

Depois que o corpo de Leco foi retirado, Tuca, esgotado e cheio de hematomas, tombou sem forças. A mãe, de joelhos, dizia coisas desconexas, acarinhando a cabeça do filho, que chorava como criança.

— Porra, mãe, mataram meu amigo. Mataram o meu amigo, mãe.

9.
Recuperação de Leco
(2006)

Leco foi internado, operado e salvo, quase que por milagre. Tivera alguns órgãos perfurados pela faca de um preso que não simpatizara com ele. Uma vez preso, Leco tinha se comportado como um cara arredio e antipático, despertando a raiva dos outros detentos. Ensimesmado, não sabia o que pensar da atitude de Tuca, que se responsabilizara pela morte do segurança. Era certo que o demente se considerava seu amigo, mas daí a assumir um assassinato, já era demais.

Na viatura, durante o percurso até a delegacia, Tuca lhe confidenciou que se sentia em dívida com ele, e que sendo "de menor" seria preso por pouco tempo, enquanto Leco, sendo maior, apodreceria na cadeia, caso tivesse sido flagrado com a arma em punho. Tuca disse isso com uma ingenuidade tão grande que só um corpo como o dele poderia abrigar.

Leco não sabia o que fazer. Talvez devesse confessar, dizer a verdade, que fora ele o autor do disparo, e livrar aquele filho da mãe de mais sofrimento. Só que, pela primeira vez na sua vida, estava com medo. Acusado de assassinato, sairia da cadeia quando já estivesse velho demais para qualquer coisa. E ainda havia Tito, a decepção que lhe estava causando e a impossibilidade de lhe pedir ajuda naquela situação. A palavra "latrocínio", dançando na sua cabeça, o deixava louco. Na cela, de vez em quando, ouvia do outro lado da grade alguém chamando o seu nome e pedindo ajuda. Reconhecia a voz de Tuca, mas não respondia. Quieto num canto, além de todas as dúvidas e do medo implacável, pensava na coercitiva gratidão que caíra sobre seu colo como uma bomba, quando Tuca assumiu seu malfeito.

Era chegada a hora de prestar contas aos seus companheiros. No meio de tantos questionamentos, o sofrimento da mãe de Tuca ali tão próximo estava sendo demais para ele. A morte lhe pareceu a melhor saída. Afinal, não seria pior do que a dor que estava sentindo. Um homem muito forte o segurou firme para que outro o ferisse. Com agilidade, Leco se soltou do grandalhão, golpeando o outro com um chute no saco. Sentiu a lâmina penetrando seus órgãos, mas não sentiu dor, apenas tranquilidade.

Deitado no corredor, com os olhos fixados no teto manchado, só conseguia ouvir o choro de Tuca. Pensou que, finalmente, tudo havia terminado. E desfaleceu.

***

Leonardo Antônio foi levado para o hospital, gravemente ferido. Os médicos se esforçaram para salvá-lo, mas não tinham grande esperança de sobrevivência. Porém, para espanto de todos, o rapaz resistiu às primeiras vinte e quatro horas, e depois às quarenta e oito, demonstrando ser bem forte fisicamente.

No entanto, a despeito da resistência física, o paciente não despertava. Um dos voluntários do hospital se ofereceu para acompanhá-lo, uma vez que não havia parentes nem amigos que o visitassem. De alguma forma, Leonardo deveria ser trazido de volta, e Gustavo Saraiva, o voluntário, se empenhou nisso.

Gustavo, que naquela instituição não era conhecido como médico conceituado, passou a trabalhar com Leco todos os dias, estimulando-o por meio de exercícios que envolviam conversa, leitura e música, tentando alcançar sua consciência onde quer que estivesse. Finalmente, depois de meses de terapia, Leco deu sinais de recuperação, animando não só Gustavo, como todos no hospital, que já haviam se esquecido da condição de detento do paciente.

Assim que perguntaram seu nome, respondeu sem hesitação:

— Leonardo.

Lentamente, Leonardo foi demonstrando ser muito inteligente, correspondendo aos testes satisfatoriamente, apesar da grande tristeza que nunca o deixava. Conversava bastante com Gustavo, trocando ideias e discutindo assuntos diversos, e o voluntário se surpreendia a todo instante com a capacidade do paciente de absorver o conhecimento oferecido. Não só aprendeu com facilidade o jogo de xadrez, como se mostrou ótimo estrategista. Lia com avidez os livros fornecidos por Gustavo, para que discutissem mais tarde. Embora não fosse de conhecimento do paciente, o médico Gustavo estava satisfeito com seu progresso. Para Leonardo, Gustavo era apenas alguém que não tinha muito o que fazer e se satisfazia fazendo caridade, talvez algum riquinho desocupado.

Talvez tenha sido esse um dos motivos que levaram Leco a não confiar, impondo barreiras quando a conversa rumava para sua vida pregressa. Mesmo assim, surgiu uma afinidade inexplicável entre os dois, considerando as diferenças entre eles.

Gustavo dedicava muito tempo a Leonardo. Mesmo estando longe do hospital, planejava a próxima visita, selecionando um tópico novo para debater. Era-lhe gratificante compartilhar seus interesses, já que tinha ânsia de doar e Leonardo disposição para receber.

Para Leonardo, o homem que o visitara quase todos os dias nos últimos meses não era um médico nem uma autoridade. Era apenas Gustavo, a voz que invadiu sua mente durante o sono, quando já havia desistido de tudo, para lhe mostrar uma saída: o conhecimento. Então, não havia por que questionar, ou resistir, ou recusar. Leco seguiu a voz através da porta aberta, permitiu que o conduzisse, ouvindo com interesse tudo que tinha para lhe dizer. Até o dia em que Gustavo chegou à enfermaria e não encontrou mais Leonardo. Havia sido transferido, e não se sabia para onde nem como. Gustavo tentou localizá-lo, sem sucesso. Leco desaparecera no sistema.

10.
Confronto entre Cotoco e Tito
(2006)

Cotoco estava à espreita, dentro da birosca, para ouvir as ideias de Leco. Assim que soube quando e onde seria a ação, delatou anonimamente o plano à polícia. Antes de sair, ameaçou Nonato para que não revelasse o que havia se passado ali, principalmente para Tito.

Nonato, porém, tinha mais medo de Tito que de Cotoco, e assim que fechou o estabelecimento foi direto ao chefe do morro para contar o ocorrido. Ao tomar conhecimento da traição, Tito, enfurecido, ordenou que Cotoco fosse encontrado e levado à sua presença. Ao mesmo tempo, deu ordens para que seus empregados impedissem a prisão de Leco, o que só não foi levado a cabo porque já era tarde demais para intervir. A prisão já estava acontecendo.

Quando soube que Tito queria falar com ele, Cotoco previu de imediato que a conversa não seria das melhores, e que o confronto entre eles seria inevitável. Por isso armou sua rebelião: reuniu alguns homens que não estavam satisfeitos com o comando do morro e foi para a birosca cobrar de Nonato uma explicação.

Exibindo seu poderio bélico, Cotoco e o bando marcharam pelas vielas provocando medo nos moradores, que à sua passagem se refugiavam nos barracos. Com a birosca fechada, o passo seguinte seria procurar Nonato em casa. Lá chegando, os bandidos o encontraram escondido no guarda-roupa. Arrastaram-no para o lado de fora, e Cotoco o matou diante de todos, numa clara exibição de poder. Só então seguiram em direção à fortaleza, ao encontro de Tito, com quem Cotoco, certamente, não tencionava conversar.

A luta entre os dois bandos foi sangrenta, com baixas de ambos os lados. No entanto, o que motivava Cotoco no confronto era muito mais forte, e ele lutou com força demoníaca, amparada na inveja que sentia de Leco, numa desmedida ambição pelo poder e num anseio pelo declínio de um chefe que não o respeitava.

11.
Gustavo e Leila
(1997)

Da janela, Leila observava o caminhão de mudanças sendo descarregado na entrada do casarão da família Saraiva, seus vizinhos.

O casarão, construído em 1925 pelo bisavô, Coronel Agenor Mendes Saraiva, exibia traços arquitetônicos de gosto duvidoso, que, ao longo dos anos, sofreram alterações para amenizar a flagrante mistura de estilos. Por influência de um comerciante árabe, que acompanhara a família Saraiva em sua viagem migratória do nordeste para o sul do país, o casarão tinha duas torres abobadadas erigidas nas laterais da construção.

A intenção do velho Saraiva era construir um palácio em estilo mourisco em pleno Rio de Janeiro, mas por questões financeiras seu sonho se limitou a apenas duas torres, ficando o restante da construção com estilos indefinidos, que obedeciam tanto aos humores do coronel quanto aos modismos de época. As alterações efetuadas pelas gerações seguintes não destruíram completamente as formas bizarras do imóvel, orgulho do patriarca da família, mas ao menos as harmonizaram, tirando o destaque de qualquer estilo que a construção pudesse ter, principalmente nas duas estranhas torres.

Assentado ao nível da rua, o casarão dividia o amplo terreno com um bosque esplendoroso de árvores nativas e frutíferas. Em consequência das características topográficas do bairro, o bosque crescia livre na parte mais baixa, por trás do casarão.

O velho Agenor recebera o título de coronel por fazer parte dos grupos milicianos organizados no Nordeste para capturar o bandido Lampião. Contam que ele, homem sem posses, enriqueceu com as subvenções do governo concedidas a esses grupos, a título de incentivo e apoio. No entanto, embora Agenor apregoasse suas empreitadas de coragem contra o bando de Lampião, não há registro de um único enfrentamento com o temido cangaceiro. Antes que Lampião fosse morto, Agenor já havia reunido a família e a fortuna amealhada para se estabelecer no Rio de Janeiro. Para os novos vizinhos, o Coronel Agenor era um militar reformado, que vivia do soldo ganho merecidamente. Aos seus herdeiros o coronel deixou uma reputação duvidosa, um casarão mal construído e uma coleção de armas antigas, único amor que o coronel se permitia.

O rapaz alto de cabelos pretos, que orientava o transporte dos móveis para o interior da casa, despertou a atenção de Leila, que, distraída, não percebeu que ele também a observava. *Muito bonito*, ela pensou, no momento em que os olhos dele se cruzaram com os dela. Envergonhada por ter sido flagrada, Leila saiu imediatamente do campo de visão de Gustavo, ocultando-se por trás da persiana — providência que o divertiu bastante, porque a silhueta dela ficou em evidência na persiana mal fechada.

O coronel Agenor teve um único filho, Fausto, que lhe dera dois netos, Gustavo e Armando, frutos do casamento com Constança. Devido ao temperamento difícil do coronel, a relação entre pai e filho nunca foi das melhores, o que provocou o distanciamento dos netos, que cresceram longe do casarão. A aproximação se efetivou apenas depois da morte do velho coronel, quando a avó idosa e viúva necessitou de assistência. Ao se mudarem para o casarão, Fausto e Constança levaram consigo apenas Gustavo, o filho mais velho, de 18 anos. Armando, de 17, estudava no exterior.

Apesar de inseparáveis quando crianças, Gustavo e Armando eram muito diferentes um do outro. Gustavo era ponderado e responsável, Armando levado e irrequieto. Os pais, preocupados com o desinteresse do filho mais moço pelos estudos, acharam por bem enviá-lo para estudar no exterior, onde sua veia desportista seria mais bem explorada. Já Gustavo, iniciando a faculdade de Medicina, sabia exatamente o que queria e não trazia preocupação aos pais, embora às vezes exagerasse em suas obrigações, esquecendo-se de namorar e se divertir. Gustavo sentia muito a ausência do irmão, que, embora irresponsável, era o único amigo que possuía.

O primeiro contato entre Gustavo e Leila foi aquela troca de olhares furtiva no dia da mudança. Leila já tinha ouvido a vizinha falar dos netos, do quanto eram especiais. Ao vivo, o rapaz a impressionara bastante.

Com a morte do marido, a viúva Lucila tinha despertado a afeição da família da casa ao lado, o casal Visconti e a filha Leila. Com dedicação, faziam de tudo para deixar a viúva confortável, cuidando para não se tornarem invasivos. Temendo o excesso, o casal limitava as visitas da filha à viúva, apesar de Lucila fazer questão de dizer que a visita de Leila lhe caía como um bálsamo de juventude.

Leila era uma moça alegre, bonita e muito inteligente. Mesmo na adolescência seu corpo já era bem formado, camuflando a pouca idade. Seus quinze anos se revelavam apenas na presença das pessoas mais íntimas, quando deixava de lado o jeito prematuramente adulto e se permitia ser adolescente. Gustavo foi imediatamente incluído no rol dessas pessoas, consequência da afinidade evidente entre os dois.

Na companhia da nova amiga, Gustavo desenvolveu o gosto por praia e passeios ao ar livre, relaxando um pouco nos estudos. Transitavam livremente pela casa um do outro sem constrangimento, e Leila se sentia tão à vontade perto dele que nem ligava se alguém percebesse que tinha apenas quinze anos.

A amizade entre os dois aproximou também os pais, que em segredo planejavam ver os filhos casados no futuro, a despeito de tanto Gustavo quanto Leila insistirem em dizer que eram apenas amigos. Os pais faziam gosto pelo provável compromisso entre os filhos e por isso se frequentavam, sempre programavam eventos juntos.

Na verdade, o sentimento entre eles ia além da amizade, mas os dois se recusavam a admitir. Para eles, amizade era muito importante, e evitavam pensar em alterar a relação tão valiosa. Sem contar que Leila se via como adolescente, e acreditava que Gustavo não teria olhos para alguém tão infantil quanto ela. Já Gustavo, diante do espírito jovial da amiga, se via bem mais velho, e algo além da genuína amizade seria desrespeitador. Sua convivência saudável tranquilizava as famílias, que podiam vê-los passeando nas horas de folga e estudando juntos nos períodos de provas, numa ajuda mútua.

Leila ouviu o nome de Armando muitas vezes, sempre que Gustavo o descrevia com saudade. Mas o irmão mais moço de Gustavo era apenas uma expectativa querida que seria satisfeita no período das férias, que se aproximavam. Em sua convivência com os Saraiva, Leila aprendera a gostar de Armando, e se viu envolvida pelo clima de ansiedade que rondava a chegada dele. Não imaginava, porém, que a chegada de Armando viria alterar a rotina de todos.

12.
Armando e Leila
(1997)

Carregado de sacolas de presente, excitado com o retorno, Armando irrompeu pela casa chamando pelos pais. Parou no meio da sala, estranhando o silêncio. Largou os pacotes de qualquer jeito para ir até a cozinha, onde esperava encontrar um rosto familiar. Como ainda não conhecia Leila, se surpreendeu ao encontrá-la. Sozinha, diante da geladeira aberta, a jovem bebia um copo d'água, demonstrando intimidade com o lugar. Concluiu que a linda mulher à sua frente era estranha apenas para ele, já que parecia estar muito à vontade. Os dois se analisaram por um instante, parados, calados, à luz da geladeira aberta.

De repente foram interrompidos por Gustavo, que entrou à procura de Leila, surpreendendo os dois num momento em que, apesar de separados fisicamente, compartilhavam uma estranha, extrema sintonia. Mesmo que não pudesse descrever com exatidão o que acontecia naquele instante, Gustavo sentiu que algo se quebrara, como se o mundo tivesse perdido a ordem natural das coisas. Algo estava errado. Mas em seguida a sensação de angústia se dissipou, se perdendo nos labirintos de sua mente.

Refeitos, Armando e Leila se voltaram para Gustavo. Armando se apressou em abraçar o irmão com genuína alegria. Esquecendo a presença de Leila, falavam ao mesmo tempo e rapidamente, sem ouvir direito as perguntas um do outro. Constrangida, pensando que atrapalhava o encontro dos dois, Leila foi se afastando discretamente, se dirigindo à porta dos fundos. Na realidade, se sentia excluída por aquela euforia que unia os irmãos.

Entre uma novidade e outra, contadas aos borbotões, Gustavo mencionou o nome de Leila, fazendo com que os dois se voltassem ao mesmo tempo para ela, já no limiar da porta, prestes a sair. Gustavo foi em direção à amiga.

— O que é isso, minha jovem? Aonde pensa que vai? — perguntou Gustavo, brincalhão, enquanto passa o braço pelo ombro dela quase num abraço, conduzindo-a de volta. Leila se deixou levar, sorrindo sem graça.

— Maninho, quero que conheça minha amiga, musa, incentivadora e companheira paciente nos meus piores momentos. Esta é a Leila.

Armando e Leila se cumprimentaram num aperto de mãos demorado, causando um grande mal-estar em Gustavo, que voltou a sentir a angústia de antes. Sacodiu levemente a cabeça para espantar pensamentos ruins que porventura o pudessem assustar. E numa atitude instintiva se posicionou entre Armando e Leila, obrigando-os a desfazer o clima criado pelo cumprimento.

— Agora sim, minha felicidade está completa. Finalmente, as duas pessoas que mais amo estão juntas, sob a minha asa — disse Gustavo, satisfeito, conduzindo-os para a sala num abraço. — E nada melhor, para comemorar a ocasião, que a troca de presentes, apesar de não ser Natal.

— Acho melhor vocês ficarem a sós, Gustavo, é um momento familiar... — Leila tentou se desvencilhar do abraço do amigo, mas já estavam na sala, diante dos pacotes trazidos por Armando.

Gustavo fez menção de protestar, mas Armando se antecipou, causando surpresa não só ao irmão, mas a Leila também.

— Nada disso! — Armando protestou, mas logo percebeu o exagero da reação. — Meu irmão não quer que você vá. Não é, Gustavo?

Antes que Gustavo respondesse, chegaram os pais e a avó, tornando o clima de constrangimento na sala mais festivo. Alegres e surpresos, beijaram e abraçaram o filho caçula, cuja chegada só era prevista para o dia seguinte. Leila aproveitou a chegada de Constança, Fausto e Lucila para escapulir pela porta aberta. Mas ainda teve tempo de olhar para trás e flagrar uma expressão triste no rosto do amigo querido, que desta vez, vendo-a partir, não fez questão de impedir.

13.
Gustavo e Armando
(1997)

Antes de ir dormir, já de madrugada, Gustavo e Armando conversavam no quarto como quando eram crianças, trocando informações sobre os muitos meses em que estiveram distantes um do outro, já que eram parcas as cartas trocadas — apenas Gustavo era afeito à escrita, Armando se pudesse passava longe de um papel de correspondência.

— Estou gostando de ver o meu irmão mais velho, aquele que fugia do sol como o diabo da cruz, agora com uma cor de fazer inveja em qualquer rato de praia, hein!

— É, tenho caminhado bastante. Mas você não fica atrás, não é? A vida parece que tem sido ótima.

— Não tenho do que me queixar. As praias são muito bonitas por lá. Não tão bonitas quanto as daqui, mas dá para pegar umas ondas. Mas me diga, o que fez um tracinha de livros preferir o ar puro das praias ao mofo das bibliotecas?

— Sei lá. Acho que senti necessidade de aproveitar um pouco, ter alguma diversão fora dos estudos.

— Será que não foi a companhia?

— Companhia?

— É, de uma linda mocinha.

Gustavo tinha notado o interesse de Armando por Leila. Incomodado, fez questão de mudar de assunto.

— Ah, você está falando da Leila. É uma boa companhia realmente. Mas, e você, não se apegou a ninguém durante todo esse tempo?

— Não... quer dizer, até tive alguém importante, mas não durou muito. Por quê? Sua ligação com a Leila está nesse nível?

— Que nível?

— Ai, Gustavo, não seja reticente. Você sabe do que estou falando, e sei quando você dá voltas para esconder alguma coisa.

— Escondendo? Não tenho nada a esconder.

— Então, desembucha logo. O que vocês dois têm um com o outro?

— Ela é uma grande amiga, Armando, só isso.

— Amiga?

— É, amiga. O que você estava imaginando? — a conversa estava deixando Gustavo desconfortável.

— Calminha, não estou imaginando nada. Só acho que para tirar o meu irmão de casa tem que ser alguém muito importante.

— Ela é importante! É uma criança linda, que me diverte muito e me faz sentir bem.

— Criança, Gustavo?! Mas que criança? É uma

mulher feita, bonita e exuberante. Estou vendo que você não mudou muito... ainda é muito inocente.

— Do que você está falando? Quem sempre tirava você de encrencas? Quem arranjava as desculpas para os seus atos impensados, ou te aconselhava em situações difíceis? Eu é que sou inocente, Armando? Você não dava um passo sem se meter em apuros!

— É mesmo — Armando riu, ao se recordar. — Lembra aquela vez em que eu matei aula para ver um treino de futebol no Flamengo?

— Se lembro! Tive o maior trabalho para convencer o papai de que você estava fazendo um teste para entrar no time de juniores.

— E quando você conseguiu, ele pediu o resultado do teste, por escrito. Aí você teve que arranjar mesmo um teste pra mim com o técnico.

— Ainda bem que você jogava futebol realmente, se não, nunca teríamos aquela oportunidade.

— Você sempre foi bom com as palavras. E o que você dizia era lei para o papai — o tom de jocosidade deu lugar à tristeza. — Ele sempre confiou em você e nunca em mim. Mesmo quando eu dizia a verdade, eu podia jurar que ele não acreditava. Só quando você confirmava ele aceitava a versão dos fatos.

— Ei, ei, ei, o que é isso? Claro que ele acreditava em você, Armando. O que o papai tinha não era desconfiança, era precaução e preocupação. A mamãe também acreditava em você.

— Mamãe é uma santa, não conta. Ela acredita até em elefantinho verde, se disserem que existe. Acredita até que o casamento é uma ligação eterna, e o dela perfeito — enquanto criticava o casamento dos pais, Armando acendeu um cigarro.

Ao ver Armando fumando, Gustavo se achegou a ele, sentando-se ao seu lado na cama.

— Você ainda fuma? — perguntou, interessado.

— Só em ocasiões especiais.

— Ocasiões especiais de tensão ou tristeza. Sente saudades, não é?

Armando encarou Gustavo, que sorriu ternamente.

— Continua adivinhando o que eu penso, Guto. Você é um bruxo, sempre foi — tragou o cigarro com avidez. — Sinto pra cacete, cara... há quanto tempo não falo desse jeito. Até disso sinto falta, de falar palavrão, de falar como malandro, mesmo contra a sua vontade.

— Você está em casa agora, maninho, pode falar o que quiser.

Mas Armando bloqueou a emoção que sentia, caminhou pelo quarto e mudou de assunto.

— E o projeto da piscina, sai ou não sai?

— Papai está quase convencendo a vovó, mas acho difícil, teríamos que acabar com boa parte do bosque, e significa muito para ela, você sabe.

— Sei — olhou pela janela em direção às muitas árvores que tomavam conta da parte de baixo do terreno, nos fundos da casa. — Deve ser difícil abrir mão de um passado, abrir um buraco nele e enchê-lo de água, como se não significasse mais nada, apenas para ter um novo prazer.

— Às vezes, é um prazer que desconhecemos por não aceitarmos mudanças.

Armando lançou para Gustavo um olhar interpelador.

— Como o quê?

— Ora, como uma piscina, não é disso que estamos falando?

— Pronto, lá vem você de novo, sendo evasivo. Por que você sempre tem que entrar no campo abstrato quando se trata de você mesmo?

— Não é nada disso, mano...

— É, sim, senhor. Você tem tanta dificuldade em se abrir que é necessário uma habilidade religiosa para conseguir uma resposta direta.

— Sabe, quando éramos crianças e eu estava zangado com você, eu fazia de propósito só para te irritar — Gustavo confessou, sorrindo. — Você sempre foi intempestivo e emotivo, paciência não era o seu forte.

— Eu sei que você se vingava de mim desse jeito, e eu te odiava por isso. Minha vontade era te chutar, mas não podia porque não tinha um motivo concreto para isso. Mas juro que se você não disser o que está sentindo, vou chutar a sua bunda.

— Você e mais quem? — Gustavo desafiou. — Sei que não sou nenhum atleta, mas ainda sou maior que você.

— Ah, é? Está me desafiando? Quer levar uma surra como antigamente?

— Você sempre tentou, mas nunca conseguiu.

Armando avançou com rapidez para Gustavo, que mal teve tempo de se defender. Os dois rolaram pelo chão, rindo e fazendo muito barulho. E só pararam quando ouviram a voz da mãe, fingindo-se aborrecida por causa da algazarra. Deitados de costas no chão, ficaram quietos olhando para o teto, com o peito arfante.

— Eu gosto muito dela, mano — disse Gustavo, quebrando o silêncio.

— E ela?

— É uma criança, me acha muito velho.

— Ela disse isso?

— Não, mas não precisa, eu sinto. Vejo nos olhos dela.

— Guto, quantas mulheres você já conheceu? — diante do silêncio do irmão, Armando continuou: — Tudo bem, não precisa responder. Já sei que para conseguir uma resposta seria preciso mais uma sessão de respostas evasivas, e estou com menos paciência que antes. O que quero dizer, Gustavo, é que, por mais que você seja esperto e saiba adivinhar pensamentos, a mente de uma mulher não é exatamente um campo conhecido para você. Entende?

— Não sou tão ingênuo assim, Armando.

— Não, não é. É meu irmão mais velho de quem preciso cuidar, dando umas porradas em quem mexe com ele.

Gustavo achou que a declaração tinha um sentido mais amplo do que parecia ter.

— O que você quer dizer? — perguntou, se levantando do chão. — Armando, não quero que você se meta, está entendendo?

Já de pé, Armando abriu a porta para sair.

— E quem disse que vou me meter?

— Armando, eu te conheço. E estou falando sério, não quero que você interfira em nada. Não me faça me arrepender de ter confiado em você.

— Não se preocupe, está tudo sob controle.

Armando saiu, deixando Gustavo desconfiado, porém mais tranquilo por saber que tinha no irmão um aliado e não um adversário, como temia. Nunca admitiria isso nem para si próprio, mas conduziu a conversa de forma a impedir que o que parecia inevitável acontecesse, quer dizer, a aproximação entre Leila e Armando. A dor que sentiu na cozinha quando o irmão chegou foi a dor da perda, que não suportaria sentir de novo. Agora, a angústia não pesava mais, apenas uma leve preocupação atrapalhava o clima de felicidade por ter sua família unida mais uma vez.

14.
A ambivalência de Leila
(1997)

Leila fez aos pulos o caminho entre as duas casas, apressada para se refugiar num ambiente conhecido, segura, perto dos pais. De repente, a partir do momento em que aquele rapaz tão másculo entrou pela cozinha, onde, distraída, ela bebia um copo d'água, tudo se tornou estranho para ela. Não compreendia o que se passava no seu íntimo: coração acelerado, respiração ofegante, sensação de estômago embrulhado, como os pacotes de presente que Armando trouxera para a família. E o que seria aquela expressão no rosto de Gustavo? Um forte olhar de tristeza, de perda, tão palpável que a transpassara como ferro em brasa.

Entrou em casa aos prantos e se aninhou no colo da mãe, que a consolou, sem entender bem o que estava acontecendo.

— Filhinha, por que está chorando? O que aconteceu? — perguntou Elma, tentando saber o motivo de tanta consumação da filha adolescente. Elma esperou que o choro diminuísse, segurou o rosto da filha entre as mãos e perguntou, olhando diretamente para os olhos cheios de lágrimas: — Você brigou com Gustavo?

Leila entregou-se de novo a um choro sentido e convulsivo. Só fazia chorar, não conseguia verbalizar a dor imensa que oprimia seu peito. E como poderia, se ela mesma não sabia o que a perturbava exatamente?

A mãe não insistiu, apenas a protegeu em seus braços. Os pais de Leila tinham confiado no novo vizinho imediatamente. Tanto que não se importavam de deixar a filha sozinha com Gustavo, muito diferente de Armando, que era malicioso a ponto de ser incapaz de aceitar que um homem e uma mulher pudessem conviver diariamente sem se declararem um ao outro, sem se entregarem à paixão. A não ser que não se sentissem atraídos, o que certamente não era o caso: a atração entre os dois era evidente, tendo inclusive a torcida das duas famílias para que se acertassem.

Tentando esquecer aquele primeiro momento em que se interessara pela garota de quem seu irmão gostava, Armando se convenceu de que o melhor seria trabalhar pelo entendimento entre eles, abrindo mão de seus próprios sentimentos. Dado a desafios, Armando viu na empreitada uma boa forma de se manter ocupado durante as férias, sem se entediar rapidamente, como era do seu feitio. Todos os planos imaginados por ele, porém, tinham como fator principal deixar Gustavo e Leila a sós para que a natureza seguisse seu curso normalmente, e isso já acontecia desde que tinham se conhecido, sem que nem ao menos um beijinho tivesse resultado.

Leila, por sua vez, confusa com seus próprios sentimentos, encarou como uma afronta a dedicação de Armando em uni-la ao irmão. Afinal, que direito ele tinha de se intrometer na vida dela daquele jeito? *Quem ele pensa que é, para me jogar como um pacote no colo de outro homem? Demonstrou gostar de mim, para em seguida me empurrar para os braços do irmão.* Até a chegada de Armando, Leila acreditava que sua vida estava atrelada à de Gustavo. Sonhava com a casa em que os dois morariam, com uma cerca branca, jardim e o quintal onde seus três filhos brincariam — dois meninos e uma menina. Rabiscava cadernos com os dois nomes, unindo as iniciais para criar um único símbolo, sem se importar com a incompatibilidade entre os nomes, que tinham apenas uma letra em comum. O casamento seria uma questão de tempo, logo depois que ele se formasse. Ela também poderia se formar, já que gostava de estudar e Gustavo apoiava seus estudos. Para Leila, tudo estava em seu devido lugar, até aquela presença desagradável em forma de homem virar sua vida de cabeça para baixo, trazendo um conflito emocional com o qual ela não estava preparada para lidar.

Apesar do incômodo de Gustavo, do desconforto de Armando e da confusão de Leila, durante a permanência de Armando no Brasil os três passaram a fazer passeios juntos. Como uma opção tácita, preferiram ignorar os sentimentos contraditórios que os perturbavam, cada um com uma justificativa própria, plausível. Porém, permanecia a sensação de que algo se quebrara na chegada do irmão caçula e estava longe de ser reparado. A nuvem de tristeza que vira no olhar do amigo seria notada por Leila com maior frequência dali por diante, e também mais frequentes seriam as trocas de olhares entre ela e Armando.

Leila olhava para os dois irmãos de formas distintas, mas igualmente intensas. Um lhe transmitia a sensação de segurança de um futuro certo; o outro provocava mãos suadas, coração disparado, expectativa de aventura. A dedicação de Armando ao plano de uni-la a Gustavo não estava ajudando, pelo contrário, a perturbava ainda mais.

Gustavo, por sua vez, gostava de ter por perto as duas pessoas que mais amava, então optou por acreditar que o clima de tensão entre eles era fruto de sua imaginação. Enfim, fosse o que fosse que estivesse acontecendo, tinha um curto prazo de validade, uma vez que a permanência de Armando tinha data e hora marcada para terminar. Quanto a definir sua situação com Leila, para que quebrar o encanto? Sentia-se numa zona de conforto, apenas aguardando a partida do irmão que levaria na bagagem as supostas alterações recentes em sua rotina.

15.
A traição de Leila e Armando
(1997)

Por intermédio de um amigo, Armando alugou uma casa em Petrópolis e convenceu a família a passar um fim de semana na serra. Num sábado de manhã, os três jovens partiram num automóvel, seguidos por Fausto, Constança e Dona Lucila em outro.

A casa era ampla e iluminada, com confortos comparáveis aos das residências urbanas. Antes de providenciarem o almoço, todos se empenharam em dar uma arrumada geral nos cômodos, na expectativa de muito divertimento.

Alegando compromissos profissionais, Fausto retornou ao Rio, com a promessa de voltar à noite. Dona Lucila se sentia indisposta, e se instalou num dos quartos para descansar. Ao fim da refeição, reclamou de dor no estômago, e Gustavo, preocupado, se prontificou a levá-la ao hospital mais próximo. Ele, a avó e a mãe saíram no único carro disponível; o outro estava com Fausto. Armando e Leila ficaram no chalé.

Uma neblina densa envolvia a paisagem subindo

em direção à serra. Gustavo acomodou a avó e Constança no carro e deu uma última olhada para Leila antes de ocupar o banco do motorista. Mais uma vez, Leila foi atingida pelo olhar sofrido do amigo, mas, como das outras vezes, criou uma justificativa plausível: *Com certeza ele está preocupado com a condição da avó*. Antes que o veículo desaparecesse na cerração, Gustavo viu pelo retrovisor o aceno de Leila e Armando na varanda.

Entardecia. Ainda não fazia frio, sentia-se apenas o prenúncio da baixa temperatura como testemunha natural do acaso. Cônscio da importância dos passageiros que transportava, Gustavo acelerava com muito cuidado, evitando buracos e lombadas no caminho. Seus sentimentos eram conflitantes. Precisava chegar logo ao destino, não só pela avó, mas também para poder retornar logo à casa, já que a permanência do casal a sós num chalé circunstancialmente romântico o angustiava sobremaneira. Ainda assim, a culpa o consumia; como podia ter ciúmes de Armando e Leila diante da doença da avó?

Enquanto isso, no chalé, o casal teria que esperar até a manhã seguinte por notícias, já que não havia telefone fixo e o sinal do celular era incerto. Leila estava apreensiva, não sabia muito bem o que fazer sozinha com Armando.

— Vou tomar um banho, Armando — disse, dirigindo-se à porta.

— Tudo bem. Vou pegar lenha para fazermos uma pizza.

— Ok!

Por trás da janela do banheiro, sem ser notada, Leila pôde observar Armando, sem camisa, exibindo um bronzeado típico dos trópicos, embora morasse fora do Brasil. *O carinha é muito bonito,* pensou. Mas, diferente de Gustavo, sentia que a beleza dele era apenas física, não desejava conhecê-lo mais profundamente. Os braços, coxas e tórax do rapaz pareciam em perfeita harmonia com as toras de madeira que recolhia. Imaginou ser beijada por ele, e balançou a cabeça para espantar os pensamentos que dançavam em sua mente. Como podia ser tão leviana, a ponto de ter pensamentos libidinosos com o irmão do homem que tanto amava? Ainda mais estando Gustavo em busca de socorro para a avó doente! Gustavo era tão maravilhoso, além de bonito também. Enquanto a água quente batia em sua nuca descendo pelo corpo, Leila se esforçava para pensar apenas nas qualidades de Gustavo e no seu reencontro com ele; mas seus pensamentos eram entremeados por visões das coxas e braços de Armando, de suas bocas se beijando.

Olhou de novo pela janela. Armando continuava cortando lenha. *Quantas pizzas ele pretende assar com tanta lenha?* Mal sabia ela que Armando também tentava espantar os pensamentos em relação a ela. Por isso, ficou cortando lenha até a exaustão. *É canalhice desejar desse jeito a garota do meu irmão,* pensava. E se imaginava sendo a água quente que escorria pelo corpo de Leila, por sua nuca, seios, coxas. Assim como ela, se perguntava como podia ser tão leviano a ponto de ter pensamentos libidinosos com a mulher pela qual seu irmão estava apaixonado, estando esse irmão buscando socorro para a avó. O que devia fazer era aproveitar a oportunidade para fazer de Leila sua cunhada o mais rápido possível, antes que se arrependesse de alguma ação impensada.

A pizza assava no forno a lenha. O calor do forno ultrapassava as fronteiras do barro aquecendo agradavelmente o ambiente, enquanto o vento frio fazia vibrar as janelas de vidro se esforçando para entrar. O vinho que se permitiram proporcionava a ambos um estado alterado de levitação. Leila não pretendia beber, mas seus músculos tensos pediam para relaxar. Evitava olhar para Armando, mas seus olhos sempre encontravam os dele. Temia denunciar sentimentos que nem ela entendia muito bem.

Perdida em pensamentos, Leila bebericava o vinho e esperava, acomodada nas almofadas, que Armando trouxesse a pizza que estava preparando. Na ânsia de expor uma teoria ou opinião, Armando falava sem parar, atropelando as palavras e misturando inglês ao português.

Era um cara interessante. Infantil, mas interessante.

— Como estará minha avó agora? — especulou Armando sem muita convicção, enquanto pousava a pizza na mesinha perto de Leila.

— A essa altura ela já foi medicada e certamente está bem. Ela está com o Gustavo, não se preocupe.

— Você gosta muito dele, não é?

— Eu? Ah, claro! Quem não gosta? É um cara sensível, carinhoso, dedicado...

— E você não consegue conquistá-lo.

— E quem disse que eu quero conquistar o Gustavo, Armando? — Leila se irritou.

— Talvez você seja muito nova para ele — Armando teorizou, provocando.

— Ele disse isso? Hein? Ele disse isso, Armando?

— Não — Armando respondeu finalmente, com a boca cheia de pizza, divertindo-se com a aflição de Leila.

— Como não?! Por que você diria isso se não fosse verdade? — ela calculou, entristecida. — Mas eu já sabia, ele acha que sou criança.

— Leila, preste atenção — começou a explicar, sentando-se ao lado dela. — Meu irmão não é uma pessoa fácil, embora pareça o contrário. Para as pessoas que o conhecem superficialmente, ele é claro como água, mas a partir do momento que você se dedica a conhecê-lo, a água se torna turva e profunda.

— Ah, disso eu sei.

— Sabe como amiga, não como amante.

A observação a surpreendeu, e o desconforto a fez derramar vinho sobre a mesinha.

— Tá na hora de parar, menininha.

— Não sou uma menininha! — Leila se exasperou com a brincadeira.

— Ok, ok. Não precisa brigar. Vou pegar um pano para...

— Armando, sou perfeitamente capaz de consertar as besteiras que faço — ela concluiu, impedindo-o de se levantar.

— Eu sei que é. E é isso que me encanta... quer dizer, que nos encanta, a mim e ao meu irmão. Você, a despeito da idade, é madura, espontânea, franca e independente.

— É, mas isso tudo não me adianta de nada — ela lamentou, e depois de enxugar a mesa se jogou, impotente, sobre as almofadas.

— Não seja boba, claro que adianta — respondeu Armando, deitando-se ao lado dela no chão. — Gustavo está acostumado a ser o protetor de todos, a resolver problemas alheios, mantendo-se sempre na posição de mais forte. E você aparece cuidando dele como amiga, tomando a frente nas situações difíceis, resolvendo os problemas dele.

— Armando, você não sabe de nada. Ele se cansou de brigar comigo por causa disso, quando eu decidia qual filme assistir ou qual passeio fazer sem consultá-lo. Ficava uma arara...

— Disse bem, "se cansou de brigar". E é claro que ele tinha que ficar puto, não estava acostumado a isso. Era sempre ele quem decidia tudo.

— E você já gostou muito disso, não é?

— Algumas vezes. Sim — ele admitiu. — Meu mano já me tirou de muitas encrencas. Só que, nas baladas, na hora da porrada quem apanhava era eu. Porque o Dr. Gustavo, com sua filosofia de não-violência, tentava conversar com os caras, que nem estavam aí pra conversa. Então, eu precisava partir pra cima deles.

— Mas você nunca esperou para ver se a "não--violência" daria resultado.

— Pode até ser. Também nunca quis arriscar ver meu irmão levar uma surra... a não ser de mim, é claro.

— Ih, quanta garganta, hein?

Os dois riram, relaxados. Mas de repente, Armando ficou sério.

— É, hoje eu acho engraçado, mas na época, eu levava a pior, porque apanhava na rua e era punido em casa. E ainda tinha que aturar a ladainha de como Gustavo era maravilhoso, porque cumpria o castigo junto comigo, espontaneamente. Por se sentir responsável pelo que me acontecia.

— Você tem mágoa do seu irmão?

Armando ficou pensativo. Não tinha muita certeza de como responder. Enquanto procurava as palavras certas, sorvia o vinho com calma. O amor que sentia pelo irmão era grande demais para que se arriscasse a abalá-lo com algumas palavras mal escolhidas, ditas em voz alta.

— Não, não tenho. Já senti raiva, uma raiva que se esgotava rapidamente, sem deixar marcas, sem impedir, por exemplo, que ele fizesse meus deveres de casa ou então que eu virasse um leão ao vê-lo ameaçado — Armando a fitou com seriedade. — Leila, você precisa tomar conta dele. Promete?

Leila se precipitou e prometeu, sem hesitação. Mas Armando pousou o dedo indicador nos lábios dela para impedi-la de continuar, porque queria que ela pensasse bem no pedido dele.

Ela ficou confusa. Ele explicou:

— Meu irmão precisa de você como mulher, e não como amiga. Você está esperando que Gustavo tome a iniciativa, mas é você que deve dar em cima dele.

— Eu?!!

— É, você, sim. Mesmo que ele proteste e esperneie, fique bravo com você, é necessário que a mulher seja como a amiga é: decidida, atirada, independente.

Compreendendo o que ele queria dizer, ela sorriu e revelou:

— Você, às vezes, parece ser mais maduro do que realmente é.

Após um momento de constrangimento de ambas as partes, ele prosseguiu.

— Porque se não for assim, Leila, ele se entrega à amiga e se protege da mulher.

Armando a aconselhou a usar os recursos femininos para conquistar Gustavo, mas não contava com o fato de ela desconhecer esses recursos dos quais ele falava. O plano dele estava prestes a fracassar se ele não pensasse em algo bem rápido, pois precisava aproveitar o momento de descontração e intimidade proporcionado pela conversa para unir Leila a seu irmão o quanto antes. Logo, se ela não sabia como, precisaria aprender.

— Ah, sei, aprender. Mas como, Armando?! Ficou doido?

— Eu ensino.

A proposta provocou uma desconfiança que não durou muito. Estavam descontraídos, e acabaram se divertindo com as situações que ele criava para simular encontros entre ela e Gustavo. Caminharam lado a lado pela sala, como se estivessem passeando ao ar livre. Ela, casualmente, deu a mão a ele, para em seguida passar o braço em torno da cintura dele. E ele, para imitar o irmão, aparentou timidez. Então, riram bastante e desabaram nas almofadas. Na queda, Armando caiu por cima dela e as bocas se tocaram. Constrangido, ele tentou minimizar a situação:

— E isso é um beijo.

Ela respondeu, com segurança:

— É bom.

Com os corações descompassados, batendo como martelos fora de sintonia, os dois fizeram um amor confuso no chão da sala, tatuando definitivamente em suas mentes a culpa e o arrependimento.

Enquanto isso, Dona Lucila morria durante a transferência para um hospital no Rio.

16.
O arrependimento de Leila
(1997)

Armando despertou na manhã seguinte com a buzina de um carro. Ainda sonolento, percebeu que Leila já estava de banho tomado e acenava da varanda para os recém-chegados. Imaginou que fosse sua família retornando. Vestiu-se rapidamente e ao chegar à varanda se surpreendeu com os pais de Leila conversando com ela no gramado na frente da casa. Ficou confuso com a reação de Leila, que correu para dentro, passando por ele transtornada.

Enquanto ela chorava na sala, ele foi ao encontro de Francisco e Elma e ouviu deles a má notícia. O casal estava ali para buscá-los.

— Não pode ser — disse Armando, andando de um lado para o outro com as mãos na cabeça. — Minha avó estava com dor no estômago, só isso.

— Infelizmente, Armando, o coração dela estava muito fraco. Você precisa ser forte para apoiar sua família — disse Francisco, enquanto tentava consolá-lo passando o braço pelo seu ombro, gesto imediatamente repelido pelo rapaz, que se afastou do casal.

Francisco e Elma não sabiam o que fazer. Não imaginavam que os jovens reagiriam de forma tão violenta, e tampouco faziam ideia de que o sentimento que movia Armando e Leila naquele momento não era apenas de perda, mas também de culpa, por terem estado se refestelando em prazeres enquanto a avó morria.

Ao tormento de Armando se unia a sensação de mais uma vez ter estragado tudo, além de ter que aturar o irmão mais velho posando de responsável, altruísta, bom samaritano. Será que seu caráter mesquinho só se contentava com a traição àqueles que tanto amava? Ah. Se pudesse voltar atrás, talvez agisse diferente, mesmo sem conhecer a gravidade da situação. A impossibilidade de desfazer o que estava feito o deprimia. Então, talvez pudesse evitar o confronto com os pais, e principalmente com Gustavo, indo diretamente para o aeroporto e pulando por cima de todo aquele processo de dor, morte e culpa.

No caminho de volta, Leila só fazia chorar. Armando, calado, não tirava os olhos da paisagem, que passava rapidamente através da janela do automóvel. Assim que estacionaram na frente do casarão, Constança veio ao encontro deles. Leila fugiu imediatamente, indo se refugiar em seu quarto e provocando mal-estar nos pais, que consideraram descortesia da filha não cumprimentar os vizinhos naquele momento difícil. Armando, se pudesse, também fugiria. Em vez disso, se permitiu chorar dentro do abraço da mãe.

A intenção de Armando de pegar o primeiro avião foi por água abaixo quando Constança lhe pediu que ficasse mais alguns dias, pois necessitava da presença dos seus filhos naquele momento. Ele concordou, embora soubesse que não seria capaz de encarar o irmão. Gustavo, por sua vez, envolvido com as providências práticas do sepultamento junto a Fausto, não percebeu a mudança de comportamento de Armando e muito menos de Leila, com quem não conseguira conversar desde que haviam regressado do fim de semana na Serra. Com tantas providências a tomar, Gustavo não se deteve para tentar entender por que Leila não saía de casa, embora tivesse estranhado sua ausência no enterro.

Na casa vizinha, o clima era de intranquilidade. Leila, trancada no quarto, enfrentava uma depressão sem motivo aparente. Os pais pediram para ela ir ao enterro, mas ela se recusou veementemente. Não tiveram outra escolha a não ser deixá-la sozinha e arranjar uma desculpa para a ausência da filha caso perguntassem, o que certamente aconteceria.

Depois do enterro, mais calmo, Gustavo foi a casa de Leila, mas ela se recusou a falar com ele, mesmo sob insistência dos pais, que acreditavam que uma boa conversa com o amigo a ajudaria a se abrir e resolver o problema, fosse qual fosse. Gustavo voltou para casa confuso, com a intenção de interpelar Armando, mas para sua surpresa o irmão já havia se recolhido para dormir.

Após a visita de Gustavo, Leila se viu sem saída e contou aos pais o que havia acontecido no fim de semana, implorando que se mudassem dali o quanto antes, já que a convivência com os Saraiva dali em diante se tornaria insuportável.

Na manhã seguinte, ao ouvir o som de portas de carro se fechando, Gustavo chegou à janela e viu Leila e os pais entrarem no automóvel da família. Ao perceber que levavam bagagem, correu como louco para alcançá-los. Em vão, pois já haviam partido. De pé, no meio da rua, nutriu a esperança de que a luz de freio fosse acionada, para que ele pudesse correr até o carro, mas o veículo não se deteve.

Gustavo ficou desolado. Os vizinhos tinham partido sem ao menos um aceno de Leila, e ele estava certo de que ela o ouvira gritar seu nome. Voltou para casa transtornado. Desta vez seu irmão não escaparia tão facilmente.

Fausto e Constança tomavam café sentados à mesa quando Gustavo passou por eles como uma bala, em direção ao quarto.

— Gustavo! O que houve? — perguntou Constança, mas ele não respondeu.

Percorreu o casarão de ponta a ponta chamando por Armando, mas não o encontrou. De volta à sala, encontrou os pais atônitos.

— Mãe, onde ele está? — perguntou Gustavo, encolerizado.

O pai interveio, surpreendido com o tom agressivo que repentinamente marcava a voz do filho mais velho.

— Você está falando do Armando? Ele saiu.

— Saiu como? Ele estava aqui ainda agora.

— Assim que você correu lá para fora, todo esbaforido... aliás, o que você foi fazer lá com essa precipitação toda?

Gustavo deixou aflorar um sorriso irônico, mas não era de deboche. Era mais uma expressão de desalento.

— É, Dona Constança, seu filhinho querido fez merda de novo.

— Gustavo! O que é isso? — repreendeu o pai.

— Deixa, Fausto. Mais uma vez esse menino está contra mim. Ele sempre me culpa por tudo. Se bem que de vez em quando ajudaria bastante saber pelo que estou sendo responsabilizada.

— Você me perguntou, pai, por que saí desabalado. Foi porque vi Leila e a família partirem de carro, carregados de malas. Agora me diz: por que sairiam com tanta bagagem apressadamente?

— Talvez porque tenham ido viajar, meu filho.

— Sem se despedir, pai? Qual é! Leila nem foi ao enterro, desde ontem eu não a vejo.

— Quer se acalmar, Gustavo? Deve haver uma explicação simples para isso. Não vejo motivo para você culpar seu irmão pela partida deles, você nem sabe o que aconteceu.

— Pai, você não vê? Alguma o Armando aprontou. Ele passou uma noite inteira sozinho com ela...

— Gustavo, por favor, não seja leviano! Vamos manter a calma, a raiva é péssima conselheira. Quando nossos vizinhos voltarem, conversaremos.

— Se voltarem — finalizou Gustavo, deprimido.

Horas depois, os vizinhos estavam de volta, mas

sem Leila. Vendo o nervosismo de Gustavo, Fausto o impediu de ir até eles.

— Fique aqui, eu vou conversar com eles — ordenou Fausto, saindo em seguida.

Gustavo obedeceu. Ficou na sala assistindo pela janela à conversa entre os dois homens no jardim. Elma os deixou a sós, mas não sem antes lançar um olhar de indignação em direção a Fausto.

Constança também estava apreensiva, mas em outro cômodo, porque não queria se defrontar com o filho e ter que admitir que também desconfiava de que Armando mais uma vez aprontara. Ela se recusava a acreditar que seu filho seria capaz de tirar proveito de uma situação tão crítica quanto a doença da avó, mas suposições graves confrangiam seu coração.

Como as duas casas eram separadas por largos jardins, Gustavo e Constança conseguiam apenas ver, sem poder ouvir o que era dito entre os homens. Mas os gestos exaltados de um contra a postura submissa do outro dirimiram qualquer dúvida que pudesse pairar sobre o caráter de Armando. Constança se apressou para impedir que Gustavo fosse ao encontro do vizinho, que certamente não o receberia amistosamente, aumentando a crise ainda mais. Conseguiu se interpor entre a porta e Gustavo, que tencionava sair. Tentando impor sua autoridade sobre o filho, impedindo-o de abrir a porta, gritou o nome da empregada em busca de ajuda. Mas a empregada, às voltas com o filho pequeno na cozinha, surgiu apenas quando Gustavo já estava no jardim.

— Ermínia! Onde você estava? Estou chamando há horas.

— Desculpe, patroa, eu estava...

— Agora não interessa mais — disse Constança com rispidez. — Pode voltar para a cozinha.

Arfando e bufando, em consequência do esforço de tentar segurar um homem e da raiva pela empregada, Constança viu, contrariada, Ermínia conduzindo uma criança de volta à área de serviço. *Este problema eu resolvo depois*, ela pensou. *Agora preciso proteger meu filho.*

Constança encontrou Gustavo do lado de fora, chorando, abraçado ao pai.

17.
Crise no Casarão
(1997)

Fausto repetiu para a esposa e para o filho o que ouvira do vizinho. A história os abalou verdadeiramente, embora de formas diferentes. Ambos ansiavam pela chegada de Armando, Constança tencionando protegê-lo e Gustavo, confrontá-lo.

Gustavo não tinha dúvidas quanto à traição do irmão, mas o que mais lhe doía era o sofrimento de Leila, a quem tanto amava. O ato de vilania de Armando resultou na pior consequência possível: a separação entre ele e sua amada. Se ela ao menos lhe tivesse dado uma chance, tivesse confiado nele e divido a dor que a martirizava, teria mostrado a ela que o quadro poderia não ser tão feio quanto pintavam. Os dois poderiam ter resolvido o problema juntos, se casando, se preciso fosse. A fuga não era a melhor saída; mais fácil, mas não a melhor.

O egoísmo de Armando tinha posto em cheque a estabilidade de duas famílias: numa casa se ultimavam as providências para a mudança definitiva para outro país, uma vez que Francisco resolvera aceitar uma proposta de emprego no exterior; na outra, o conflito iminente entre dois irmãos tornaria a convivência insustentável. Sob o ponto de vista prático de Constança, porém, o que importava era a manutenção da sua família. Precisava impedir que a guerra entre os irmãos se concretizasse. Afinal, o que estava feito estava feito, não havia como reparar o malfeito do filho caçula. Ela, então, recolheu todos os pertences de Armando, inclusive passaporte e dinheiro. Meteu tudo desordenadamente numa sacola grande e foi furtivamente em direção à saída dos fundos da casa. Não usou malas porque despertariam a curiosidade de Fausto e Gustavo, caso fosse flagrada. Estava com tanta pressa que não viu Tuca brincando no assoalho, e tropeçou, caindo por cima dele. Seu olhar de ódio fez a criança correr e se esconder atrás da mãe, que se apavorou ao se deparar com a patroa encolerizada, caída no chão.

— Patroa, me perdoa! Precisei trazer o menino hoje, mas é só hoje, e ele é quietinho, não vai atrapalhar no serviço. A senhora se machucou? — Ermínia se explicou, tentando erguer Constança.

— Me larga, sua imprestável! Vai acabar chamando a atenção de todo mundo — a patroa disse entredentes, se recompondo. — Não podem saber que eu saí, entendeu? Quanto a esse... garoto, conversamos depois — completou, e saiu.

Na sala, postado em uma poltrona em frente à porta, Gustavo vigiava como um cão de guarda, aguardando a improvável entrada de seu irmão caçula, sem saber que a mãe já estava tomando providências para que o encontro nunca ocorresse.

18.
Os filhos de Ermínia
(2006)

Geslane, Wagner e Jeferson souberam, desde cedo, que o irmão mais velho estava na cadeia. Os vizinhos comentavam que Tuca era ladrão e assassino, e não sairia da prisão tão cedo, mas lhes faltava coragem para falar a respeito com a mãe. Ela não admitia que a imagem de qualquer um dos filhos fosse enxovalhada, por isso disse aos três que Tuca tinha viajado, mas logo estaria de volta. E enquanto isso não ocorria, deveriam levar a vida normalmente, sem dar ouvidos a mexericos.

— Cambada de gente que não tem o que fazer.

Nas idas e vindas de Dona Ermínia entre a casa e a cadeia, Geslane oficiosamente passou a ser responsável pelos irmãos menores, apesar da pouca idade:

— Geslane, o arroz está queimado.

— Geslane, tira a lição do Jefinho.

— Geslane, cadê o Waguinho?

A menina ia se virando como podia. Jeferson aceitava a autoridade precoce da irmã, mas Wagner era rebelde. Quando Dona Ermínia se deu conta de que ele não estava frequentando a escola, já era tarde. Mesmo que tivesse percebido mais cedo, não teria sido fácil controlar o temperamento do filho.

Certa manhã, Dona Ermínia não foi trabalhar para procurar o Wagner, que não dormira em casa. Perambulou pelo morro, exausta, à procura do filho. Já pensando em encontrá-lo estirado numa vala, foi até a boca de fumo, indiferente ao perigo que corria.

Garotos armados bloquearam sua passagem quando ela tentou avançar no território proibido.

— O que a senhora quer aqui, dona?

— Estou procurando meu filho. O nome dele é Wagner, ele tem 12 anos.

— Cai fora, dona. Aqui não tem nenhum Wagner.

— Ele também é chamado de Waguinho.

O outro interferiu:

— Tá falando do Contador?

— Acho que sim, você conhece?

O garoto olhou para cima, fazendo sinal para um outro garoto na laje.

— Ô, Ferrolho! Chama aí o Waguinho, a mamãe veio buscar ele! — e soltou uma gargalhada, seguido pelos outros.

De cima da laje, Wagner se assustou quando deu de cara com a mãe descabelada, de chinelos e olhar embotado. Desceu aos trambolhões, ouvindo as chacotas dos companheiros.

— Mãe! Eu...

— Cala a boca! Conversamos em casa.

Wagner seguiu a mãe, que descia a passos largos. Ele sabia que estava encrencado, mas achava não era para tanto: *Afinal, não matei ninguém ainda.* E foi essa a linha de defesa que adotou quando chegaram em casa. No entanto, o peso da luta diária como empregada doméstica, das visitas à prisão, da noite insone e da perspectiva de encontrar o filho morto falou mais alto, e Dona Ermínia surrou um filho pela primeira vez na vida.

Geslane e Jeferson choravam num canto, abraçados. Apesar da superioridade física, Wagner apanhou quieto, sem derramar uma lágrima sequer. De repente ela parou e olhou em volta, como que buscando uma explicação para o que estava acontecendo. Não entendia como podia despejar tamanha fúria sobre um ser gerado por ela. Até aquele momento nunca havia levantado a mão para um filho seu, nem mesmo Tuca, que lhe dera tanto trabalho.

Desolada, deixou o corpo cansado desabar numa cadeira e escondeu o rosto entre as mãos, desatando a chorar. Ao ver o choro convulsivo da mãe, Wagner se ajoelhou à sua frente, abraçou as pernas dela e também chorou. Geslane e Jefinho também vieram lentamente em sua direção, para se unirem num abraço familiar.

Mais calmo, Wagner se desvencilhou do grupo.

— Mãe, eu estou trabalhando para o chefão, mas não precisa se preocupar, é trabalho honesto, só faço a contabilidade do movimento diário. Aposto que a senhora não sabia que sou bom em contabilidade, né? Pois eu sou, mãe. Faço contas como ninguém, e ainda me pagam uma boa grana. Já perceberam que não tô nem aí pra droga, nem chego perto, sei o mal que ela faz para quem usa

— já na porta, Wagner tranquilizou a mãe e a alertou:
— Eu tô bem, volto quando puder. Não vai me procurar, não, eles não gostam de gente estranha rondando a área — e saiu fechando a porta atrás de si.

Dona Ermínia, que até então mantinha o rosto escondido entre as mãos, o descobriu, revelando um envelhecimento repentino. Respirou fundo, e simulando um falso controle, disse para a filha:

— Preciso ir trabalhar. Já perdi metade do dia. Geslane dê almoço pro Jefinho que já tá quase na hora da escola.

A menina, que acompanhava pela janela a saída do irmão, foi até o fogão para terminar o almoço, mas seu semblante sério denotava apreensão.

Geslane não era bonita, mas já tinha corpo de moça feita, o que havia despertado o interesse de um dos soldados do tráfico. Foi isso que Geslane observava pela janela: a presença de Robson do lado de fora. Ele tinha vindo buscar Wagner, e ela percebeu que os dois rapazes olhavam para ela enquanto conversavam. Depois partiram, mas Robson continuou lançando olhares para ela por sobre os ombros. Pouco tempo depois, ela engravidaria de Robson, indo viver com ele no alto do morro, e Jefinho foi com ela, uma vez que ela já fazia as vezes de sua mãe.

A transfiguração sofrida por sua família apanhou a matriarca em estado de apatia. Não que estivesse indiferente às mudanças, muito pelo contrário. Dona Ermínia apenas não tinha mais forças para controlar o destino dos filhos. A dedicação a Tuca lhe tomava toda a energia, e salvar o filho mais velho se tornara para ela uma obsessão.

19.
Tuca e Marlene
(2011)

Aos 21 anos, Tuca foi libertado, voltando a morar no morro com a mãe. As coisas haviam mudado muito, apesar dos esforços de Dona Ermínia em mostrar para o filho que tudo estava bem. A ausência dos irmãos e de Leco, que ainda cumpria pena, o deprimiu bastante.

Apesar do desânimo, Dona Ermínia ainda tinha influência sobre Tuca, e conseguiu uma colocação para ele na equipe de limpeza comunitária, sendo pago pela associação de moradores. O presidente da associação temia a ligação de Dona Ermínia com o Contador e com a mulher de Robson. Tuca começou a trabalhar e, de quebra, conheceu uma funcionária da associação chamada Marlene, com quem começou a namorar.

Diante de tantos infortúnios que tinham se abatido sobre sua família, a relação de Tuca e Marlene surgiu como bálsamo para as dores de Dona Ermínia. Para ela, ver o filho mais velho trabalhando e namorando uma moça honesta era apenas o início da salvação.

Mais cedo ou mais tarde, seus filhos seriam reunidos de novo sob sua asa. Dona Ermínia, porém, desconhecia os reais interesses de Marlene, que pretendia usar Tuca como uma ponte para chegar ao poder econômico do morro. Marlene visava chegar a Cotoco e, caso não conseguisse conquistar o chefão, pelo menos desfrutaria dos confortos que o dinheiro do tráfico proporcionava. Tuca, acostumado a arrancar carinho à força das mulheres, não cabia em si de felicidade por ter uma namorada só dele, que o valorizava e gostava dele. Imaginou-se casando e tendo filhos com Marlene.

Aproveitando-se da carência do namorado, Marlene exigia presentes caros, reclamando de ter que andar em transporte público, entre outras coisas. Ele se desdobrava para satisfazer as vontades da namorada, só que o salário de gari comunitário não era suficiente, sem contar que a pressão exercida sobre ele intensificava seu vício ainda mais. Se ao menos pedisse dinheiro ao irmão, braço direito do chefão, eles não passariam necessidade, insinuava Marlene. Seu delírio de grandeza não lhe permitia ver que o namorado não tinha livre acesso ao Contador, apesar de ser irmão dele. O que Marlene ignorava é que Tuca já havia tentado pedir dinheiro ao irmão, tendo sido mal recebido e até ameaçado, caso não andasse na linha. Tuca temia que Marlene o abandonasse se soubesse do seu pouco ou nenhum prestígio junto aos poderosos.

Wagner dava à mãe periodicamente uma ajuda financeira, mas ela não tocava no dinheiro, muitas vezes o mandando de volta pelo mesmo portador. Desde a volta de Tuca, porém, o dinheiro não só deixara de retornar, como era todo gasto em drogas e com os caprichos de Marlene, sem o conhecimento de Dona Ermínia.

Vestida com roupas caras, Marlene, por sua vez, passou a alardear que seu homem era poderoso, cheio da grana, por ser irmão do Contador. Comprou móveis e eletrodomésticos novos e parou de trabalhar na associação de moradores. Wagner, desconfiado, pediu explicações a Dona Ermínia quanto ao uso do dinheiro que ele lhe enviava. Ela, indignada, negou tê-lo utilizado. Concluíram que Tuca o estava roubando.

— Então, mãe, não posso fazer nada, o Tuca tem que vazar.

— Não, Waguinho, ele é seu irmão. Você não pode expulsá-lo.

— Não sou eu, mãe, é o chefe. Ele sabe que o dinheiro que o Tuca tá torrando com aquela mulher é dele. O Tuca tá afanando o dinheiro que trago pra senhora.

— Eu já disse que não quero dinheiro sujo.

— Pois é, mas o Tuca quer.

— Não pode ser, Waguinho. O Tuca vive aqui comigo, e eu vejo, ele nem tem roupa que preste direito, só tem um tênis. Como é que ele tá roubando?

— Mãe, ele tá cheirando.

— Não, isso não. Ele tá trabalhando e namorando.

— Ele vive caído por aí. Só não foi despedido por minha causa. E aquela mulher que tá com ele é o maior um-sete-um. Ele e ela têm que vazar... se não quiserem coisa pior.

— Pior?

— É isso aí. O chefe tá com muita raiva. A tal da Marlene vive falando no nome dele por aí, que é amiga dele e coisa e tal, enquanto gasta o dinheiro que eu dou, mas que ele acha que é dele. Eles têm que sumir.

Enquanto isso, a ardilosa Marlene subia o morro com a intenção de vir a fazer parte do grupo seleto do chefão. Fingindo não saber que Wagner não estava lá, já que o tinha visto conversando com a mãe, foi procurá-lo na fortaleza de Cotoco.

— Ele não tá aqui, pode ir vazando.

— Mas eu queria muito falar com meu cunhado. É importante. Será que eu podia conversar com o chefe?

— Dá o fora, dona, é melhor pra você.

— Você sabe que o Contador é meu cunhado, não sabe? Ele não ia gostar de saber que tô sendo maltratada.

De cima da laje, uma voz mais grossa ordenou:

— Passa bala nela, só pra assustar.

Os olhos se arregalaram, mas ela não se deu por vencida. Sorriu sedutoramente para o homem da laje, supondo que era o chefe.

— Oi, tudo bem? Eu sou a Marlene, cunhada do... — ouviu o primeiro tiro.

— Que é isso? Não há necessidade de... — ouviu o segundo.

— Ô, Dona Marlene, cunhada da puta que pariu, o terceiro eu não vou errar.

Marlene, por fim, acreditou, e disparou morro abaixo, correndo esbaforida, sem olhar para trás. Ao chegar sem fôlego ao barraco, encontrou Dona Ermínia se preparando para procurar Tuca. As duas saíram céleres no encalço do rapaz, enquanto Dona Ermínia explicava a situação pelo caminho: os dois precisavam se ausentar do morro por uns tempos, até a poeira assentar.

Wagner tinha razão, quando disse que Tuca se drogava até cair. Ermínia e Marlene o encontraram caído numa viela e o levaram para a casa de uma tia de Marlene, bem longe do território comandado por Cotoco.

Dona Ermínia tinha levado a sério a ameaça de Cotoco. Não queria encontrar seu filho assassinado, por isso procurou ajuda na clínica de reabilitação do Dr. Gustavo Saraiva. O médico, filho de uma antiga patroa, se prontificou a tratá-lo, em consideração à dedicação de Dona Ermínia à sua família no passado.

20.
O tratamento de Tuca
(2011)

Dr. Gustavo Saraiva entrou na vida de Tuca para livrá-lo das drogas, e o tratamento teria surtido efeito, se não ameaçasse os planos da ambiciosa Marlene. A obstinação de Dona Ermínia trouxera Tuca aos cuidados da equipe do Dr. Gustavo, que desenvolvia um trabalho com toxicômanos reconhecido internacionalmente. O médico se compadeceu da aflição da mulher que trabalhara em sua casa, quando ainda era um jovem estudante.

Tuca não tinha boas lembranças da família Saraiva. Quando criança, sua mãe o levara ao casarão, recomendando que permanecesse na área de serviço. Mas ele, curioso, se deixou ver pela dona da casa, que tratava os empregados com rispidez. Constança, mãe do Dr. Gustavo, destratou Dona Ermínia na presença de Tuca, exigindo que a criança não circulasse pela propriedade e nem entrasse na piscina, porque havia sido limpa naquele dia. Tuca viu a mãe, humilhada, chorar em silêncio.

Como o início do tratamento é sempre traumático, o papel da família era muito importante para dar segurança ao paciente, e Dona Ermínia e Marlene tinham autorização para acompanhá-lo. Obrigada a frequentar a clínica, apesar de não ter ficado muito satisfeita em desempenhar o papel de acompanhante de viciado, Marlene se submeteu, já que aquela relação poderia lhe render bons frutos no futuro. Porém, não só não ajudou Tuca, como estimulou seu vício, trazendo bebidas e drogas escondidas para ele. Afinal, de que lhe valeria um bonzinho imbecil? Aos poucos, ela foi corrompendo um segurança aqui, um faxineiro ali. O tratamento de Tuca não avançava, mas ele não fazia questão de receber alta. A comida era boa, tinha lençóis limpos, TV, banho quente. Era como um hotel de luxo. De vez em quando, ainda fazia sexo com Marlene. Os dois conseguiram até montar um pequeno comércio: Tuca roubava equipamentos hospitalares e Marlene os vendia.

O pouco progresso do paciente fez com que o Dr. Gustavo se encarregasse pessoalmente do tratamento. E não foi difícil para ele descobrir que Tuca continuava se drogando, por influência de Marlene. Marlene foi denunciada e presa, e Tuca não perdoou Gustavo por isso. Ao fugir da clínica, prometeu vingar a namorada. Com sua sede de vingança, Tuca encontrou coragem para forçar Leonardo a roubar e, quem sabe, assassinar o médico. Leco, sem ter ideia dos planos de Tuca, não teve escolha diante do argumento apelativo de ter sido salvo por ele, mesmo sabendo que se fossem pegos dessa vez, seria o fim para os dois.

21.
O reencontro de Gustavo e Leila
(2009)

— Não, Jéssica. Ainda estou no hotel — Gustavo conversava com sua secretária ao telefone. — Porque eu estava cansado... — enquanto falava, passeava pelo quarto amplo e iluminado. — Comi uma salada aqui mesmo no quarto, enquanto preparava o material da palestra... O voo foi cansativo, como sempre. Não estou encontrando algumas anotações, acho que as deixei em cima da mesa... Ok! Espero você enviar, saio em meia hora. Tchau!

Desligou e se sentou em frente à mesa, repleta de papéis, com material da palestra. Apesar de ter o computador à disposição na mesinha ao lado, Gustavo ainda insistia em manusear pilhas de papel, fazendo anotações nas bordas. Se Jéssica estivesse com ele, estaria digitalizando tudo, mas dessa vez ele decidira que a secretária seria mais útil na administração da clínica. Foi até a janela e se distraiu com a paisagem que já conhecia tão bem. Retornou à mesinha ao ouvir o som do computador, fez mais algumas anotações e consultou o texto aberto na tela, antes de arrumar tudo numa pasta de couro. Vestiu o paletó e saiu em direção ao auditório.

Precavido e prático, quando aceitou participar Gustavo fez questão de se instalar no mesmo hotel do evento, para chegar, trabalhar e partir imediatamente após o término. A passagem de volta já estava com ele, devidamente marcada. Correu pelo corredor para pegar o elevador aberto em seu andar. Pouco à vontade porque o elevador estava lotado, se esqueceu de saltar no andar do auditório, indo direto ao térreo. Para não prolongar aquele contato humano obrigatório com estranhos num compartimento exíguo, saltou no hall de entrada, com a intenção de subir pelas escadas.

Havia um grande movimento de hóspedes entrando e saindo, jornalistas, técnicos, cientistas, bagagens, malas, funcionários. Gustavo teve que abrir caminho, e tocou no ombro de uma mulher alta à sua frente:

— Com licença, por favor.

— Aguarde a sua vez, estamos indo para o mesmo lugar.

A mulher se voltou ligeiramente, aparentando aborrecimento, mas quando se olharam nos olhos, se reconheceram de imediato, apesar do tempo transcorrido. Por instantes, Leila e Gustavo ficaram olhando uma para o outro, estáticos, interrompendo o fluxo humano que até então seguia para as escadas de acesso ao auditório.

Quando se deu conta de que estavam atrapalhando, Gustavo segurou o braço de Leila e a conduziu para o bar do hotel. Ela se deixou levar, sem protestar. No balcão, Gustavo pediu a mesma bebida para os dois. Mal podia acreditar que estava diante de Leila novamente, depois de tantos anos de culpa e arrependimento.

— Que surpresa encontrar você aqui — ele disse, finalmente, à mulher por quem nutria sentimentos tão fortes e confusos.

Após engolir a bebida de uma tragada só, Leila recuperou o controle. Não tinha pensado que o encontro a impactaria tanto. Quando soube que Gustavo seria o palestrante, requisitou a cobertura do evento sob os protestos de seu chefe, que sabia do pouco interesse que tal evento teria para o jornal. Além do mais, alegou que sua linha era política, não médica. Tudo em vão. O nome Gustavo Saraiva já a havia fisgado, mais que qualquer golpe de estado num país distante. Ela não tinha a menor ideia do que iria encontrar, do que falar, de como agir quando estivesse perto dele, mas não era mais uma adolescente. Amadurecera, e à custa de muita terapia estava capacitada a encarar seu passado. Tornara-se uma ótima profissional, saberia controlar a situação, fosse qual fosse.

Todas essas reflexões passaram por sua cabeça sem ajudar muito. *Mas então, por que minhas pernas não param de tremer?* — pensou, usando o balcão como apoio.

— Fui designada para fazer uma matéria sobre o seu trabalho, quero dizer, sobre o trabalho dos participantes do congresso.

— Não sabia que o seu jornal se interessava pela minha área.

— Como você sabe qual é o interesse do jornal onde trabalho?

— Não sou alienado, você ficaria surpresa se soubesse o tanto que sei sobre as coisas.

— Ficaria mesmo! Você é tão ocupado, rodando o mundo em palestras, congressos, cursos, etc. etc.

— Puxa! Estou lisonjeado com a dedicação do seu jornal. Só acho estranho nunca encontrar essas matérias, porque trabalho demais e, quando muito, leio no máximo uns dois parágrafos publicados.

— É porque são muito rígidos, editam tudo o que escrevo. Mas produzo páginas e páginas quando cubro o seu trabalho — ela mentiu descaradamente.

O diálogo inusitado criou uma atmosfera divertida, mas foi interrompido por um funcionário do hotel, que veio ao encontro do casal.

— Dr. Gustavo, graças a Deus. Procuramos o senhor pelo hotel inteiro. O senhor está sendo solicitado no auditório.

Gustavo assentiu com a cabeça. Em seguida, se voltou para ela:

— Você me espera?

— Claro! Afinal, estou trabalhando, esqueceu?

— Promete?

— Prometo.

Gustavo seguiu o funcionário, deixando Leila no bar. Ela soltou um sonoro suspiro de alívio, celebrando o término de uma contenda que parecia ter vencido. Será que finalmente tiraria a limpo seu passado? Enquanto tiveram autoridade sobre ela, seus pais nunca permitiram que retornasse ao Brasil. Depois, quando já não mais podiam detê-la, foi ela própria que se impediu de voltar, ou por falta de coragem ou por falta de oportunidade.

A família de Leila tinha viajado para a Europa para que a filha pudesse tratar a depressão que se abatera sobre ela. Preocupados, seus pais se esmeraram em cuidados, mas ela se mostrava apática, rejeitando qualquer sugestão que pudesse levá-la à felicidade. Quando a sugestão se tornava imperativa, Leila comparecia aos eventos, mas era como se não estivesse lá. Apenas seu corpo estava presente, nos museus, no teatro, no cinema. Em consequência de sua incapacidade de concentração, não conseguia estudar, a despeito de frequentar a escola diariamente. Não fazia diferença estar ou não na aula, comparecer ou não a eventos, contanto que pudesse voltar para casa, se sentar na poltrona de frente para janela, com vista para o lago de águas geladas, e ficar observando as aves migratórias em busca de um lugar mais quente. As aves faziam muito barulho, talvez por estarem felizes, porque podiam ir para onde quisessem: a liberdade era quente, a liberdade era prazerosa e, consequentemente, perigosa, Leila pensava. *Tomem muito cuidado com a liberdade, o preço pode ser alto demais, bem mais alto que as suas asas podem suportar, e aí, será muito tarde.*

O quadro se agravara com a constatação da gravidez indesejada. Em decorrência da rejeição àquele ser que se apossara do seu corpo, não retinha alimentação sólida no estômago, o que resultou num aspecto esquálido e doente numa moça que até bem pouco tempo atrás era um exemplo de saúde. Emocionalmente instável, passava com rapidez da calma ao desespero, tendo terríveis crises de choro. A gravidez durou quatro sofridos meses. O aborto e uma forte infecção a enfraqueceram mais ainda. Mas após o período crítico, Leila melhorou e se mostrou disposta a viver. Ingressou na carreira de jornalismo, saindo-se muito bem na profissão. E foi através do seu trabalho que reencontrou Gustavo, anos depois.

Leila assistiu à palestra de Gustavo e ficou encantada com sua desenvoltura no palco. Era tão diferente daquele rapaz tímido que conhecera! Gustavo dominava a plateia, era até divertido, prendendo a atenção até de quem não dominava o assunto. Aquele sentimento bom do passado se instalou de novo em seu coração, e Leila teve novamente vontade de passar os seus dias ao lado daquele homem. Durante a palestra, Gustavo caminhava pelo palco, brincava com os ouvintes expondo argumentos, respondendo a perguntas. Mas sempre procurava com os olhos um ponto específico na última fileira: não queria perder de vista aquela que tinha sido e sempre seria a mulher da sua vida.

Porém, faltando pouco para o final, Leila saiu pela porta lateral, deixando-o apreensivo. Ele terminou a apresentação, recebeu os cumprimentos e correu para o hall à procura de Leila. Informou-se com os funcionários, mas ninguém a vira partir. Desolado, desistiu de assistir às outras apresentações do congresso e, a caminho do quarto, ligou para Jéssica.

— Jéssica, oi! Me faz um favor, vê se consegue antecipar a minha volta — e entrou no elevador enquanto falava. — Para quando? — saltou no andar do seu quarto. — Hoje à noite, é... — com a chave numa mão e o celular na outra, se deparou com Leila postada diante da porta. A surpresa foi tão grande que ele esqueceu que estava falando ao telefone. — Ahn? Ah, sim, Jéssica. Não quero mais antecipar a volta... Não, não tem nada a ver com o congresso, correu tudo bem — e abriu a porta, permitindo que Leila entrasse, enquanto se despedia de Jéssica. — Não se preocupe, te vejo amanhã — fechou a porta, e, ainda no escuro, foi em direção a Leila. — Pensei que você tinha ido embora.

— Foi por isso que antecipou sua volta?

— Não antecipei, desisti assim que te vi aqui na porta.

— Então eu faço diferença pra você?

Ele se aproximou, e com o rosto quase colado no dela, respondeu num quase sussurro:

— Sempre.

Os dois se beijaram, um beijo intenso, sôfrego, de saudade, de distância, de passado, de redenção. Pronunciavam palavras mutuamente compreendidas e logo esquecidas. As mãos se procuravam, se tateavam cegas, perdidas no corpo um do outro. Se desvencilharam das roupas e de outros obstáculos que os impediam de resgatar os anos de afastamento compulsório.

22.
A invasão
(2011)

Ao invadir o casarão, Tuca pisava no assoalho de madeira cuidadosamente, evitando fazer barulho. Leco, logo atrás, o observa intrigado, uma vez que Tuca lhe garantira que a casa estaria vazia, não havendo motivo para pisar na ponta dos pés e nem falar sussurrando como ele vinha fazendo. O mais estranho é que Tuca nunca tinha sido dado a ter cuidado. Truculento e trapalhão, não poderia ter mudado tanto nos últimos anos.

Os dois subiram aos quartos, e, da janela, Leonardo contabilizou os sacos de lixo na entrada de serviço. Ele sabia que, se alguém sai para viajar, coloca o lixo do lado de fora, na rua, para ser recolhido.

— Tuca, você tem certeza de que os donos estão viajando?

— Tenho, por quê?

— Vem aqui e olha — chamou Tuca e mostrou através da janela os sacos de lixo amontoados na área logo abaixo. — Ninguém viaja e deixa o lixo acumulado do lado de dentro.

— E daí, Leco? O cara deve ser porco. Além do mais, como é que você sabe o que rico faz? Vai ver ele tem empregados para tirar o lixo pra ele.

— É, vai ver.

Leco conhecia o amigo o suficiente para saber quando ele estava escondendo alguma coisa. E mesmo com a certeza de que havia algo errado naquela situação, resolveu pagar para ver onde aquilo acabaria.

Tuca tinha seus próprios planos, que não tinha revelado a Leco. Este, por sua vez, se deliciava com a ideia de deixar as coisas nas mãos de um cara que, antes, não sabia nem mesmo amarrar direito o cadarço do tênis.

***

Ao ser libertado, Leco nem pôde acreditar quando viu aquele homenzarrão com cara de bobo na saída do presídio, à sua espera, num carro roubado. Seria engraçado, se não fosse estúpido: o cara na porta de um presídio montado num carro frio. Para completar, Tuca ainda o levou para o morro dominado por Cotoco. Para sua surpresa, Cotoco não o impediu de entrar em seus domínios, embora, como era do conhecimento de todos, os dois não cultivassem bons sentimentos um em relação ao outro.

Tuca e Leco se acoitaram no antigo barraco de Dona Ermínia, que não ficou nada feliz em rever aquele que desencaminhara seu primogênito. A mulher não era a mesma que Leco conhecera. Castigada pelos maus bocados que enfrentara, estava envelhecida além da conta. Encurvada, cansada, falava sozinha como uma doida.

O motivo que levara Cotoco a permitir que Leco subisse o morro que comandava era sua intenção de acertar contas com seu antigo desafeto. Assim que chegaram ao barraco, um empregado de Cotoco assomou à porta, com ordens de levar Leco até seu chefe. Leco não teve escolha senão segui-lo, enquanto um outro homem armado ficou de guarda para impedir qualquer reação de Tuca, cujo temperamento explosivo era bem conhecido. Assim, Leco e Cotoco ficaram frente a frente mais uma vez.

— Tu tá de volta — começou Cotoco, avaliando Leco de cima a baixo. — Dizem que tu tem o corpo fechado.

— Esse é o mal da língua, quem tem diz o que quer.

— Sabe, ainda hoje não sei que diabos Tito viu em você para te proteger tanto.

— Deve ter sido a minha beleza.

— E ainda é engraçadinho. Tá tirando onda com a minha cara?

— Não! Que isso? Tenho certeza de que você não precisa da minha ajuda pra isso.

— Tu sempre se achou mais esperto, mais inteligente. Sempre se achou melhor que eu. E olha aonde eu cheguei e onde tu tá agora: na merda. De que te valeu a proteção do teu padrinho?

— Cotoco, vamos acabar com essa lengalenga. Até agora você não disse para que mandou me chamar. Tá a fim de acabar comigo?

— Ô, palhaço, se fosse só isso, tu já tava morto.

— Então, o quê? Você me detesta, eu sei.

— Detesto mesmo. Porque o Tito dava o melhor pra você, mesmo com seus vacilos. Quero te dar uma chance.

— Uma chance? De quê?

— De me mostrar por que o Tito te deu o que era meu de direito. Ele te treinou, então tá aqui uma faca pra você e outra pra mim. Meus homens têm ordem de não interferir.

— Um duelo? — Leco achou graça.

— Pode ser. Vai amarelar?

Leco pegou a faca e a examinou. Mal teve tempo de se esquivar do golpe desferido subitamente pelo adversário. Como no passado, Cotoco se deixou levar pelo ódio, atacando violentamente. A diferença, porém, estava no seu oponente, que, ao contrário de Tito, não nutria sentimento algum por ele, o que possibilitava a Leco lutar com lucidez. A cada golpe aleatório de Cotoco correspondia uma evasiva de Leco, acompanhada de cortes não letais na carne do oponente. Esquivar e atingir era a estratégia de Leco, que não intencionava matá-lo, apenas tirá-lo de combate. E conseguiu. Golpes de capoeira o desarmaram e o derrubaram, deixando-o inconsciente.

Com Cotoco caído, a melhor providência seria fugir do alcance dele e dos seus homens, desaparecendo do morro. Leco sabia que a derrota não arrefeceria a ira de Cotoco, muito pelo contrário: a humilhação sofrida culminaria na morte de Leco, e de quebra, na de Tuca também. Por sorte a fortaleza não sofrera alterações em decorrência da troca de comando, por isso Leco pôde escapar, evitando o confronto com os soldados do crime, que aguardavam o fim da contenda do lado de fora. Era necessário descer o morro o quanto antes, já que, uma vez recuperado, Cotoco colocaria todo o seu exército no encalço dele. Mas, e Tuca? O que fazer com ele? Não podia deixar que o amigo sofresse as consequências de seus atos. Então, passou pelo barraco, derrubou o homem que montava guarda e resgatou Tuca para que fugissem com urgência.

***

Tuca soube que Leco não havia morrido e resolvera fazer-lhe uma surpresa, buscando-o na saída. Fizera inúmeros planos para quando o amigo saísse, e em todos Marlene estava incluída. Mas aquele médico dos infernos tinha que estragar tudo, prendendo Marlene. Agora ele ia ter o que merecia.

Com esse pensamento, uma ideia lhe passou pela cabeça, e Tuca desceu ao andar por onde tinham entrado. Curioso, Leco o observou, ainda postado na janela. Na área de serviço, Tuca recolheu os sacos de lixo e os arrastou para fora do campo de visão de Leco. Leco, enquanto isso, se interessou pelo que ocorria e percorreu o andar em busca de uma janela que lhe proporcionasse uma visão melhor do que o amigo pretendia.

Tuca, então, despejou o conteúdo dos sacos dentro da piscina. *Agora me diz, sua bruxa velha, quem é que vai sujar a sua piscina* — pensou, numa referência à antiga patroa de sua mãe, que o humilhara no passado. Do andar superior, Leonardo assistia à cena descabida sem compreender, limitando-se a rir da loucura do outro.

Enquanto Tuca admirava sua obra decorativa, Leonardo desceu ao pavimento inferior. Deu uma olhada geral nas salas de vídeo e jogos e, vagarosamente, se dirigiu à biblioteca. Percebeu, pela porta entreaberta, que havia luz saindo pela fresta. Estranho. Não deveria haver uma lâmpada acesa numa casa supostamente vazia. De arma em punho, empurrou a porta com cuidado e se surpreendeu com a quantidade de livros enfileirados nas muitas prateleiras. Pela primeira vez, desde que fora preso há vários anos, Leco sentia alguma coisa diferente de ódio, indiferença ou raiva. Seu coração se encheu de prazer, e por alguns segundos, se permitiu estar distraído. Seus olhos passearam pela sala, que tinha livros como papel de parede. Em meio à fascinação, se detiveram em uma mesa e seus sentidos voltaram à realidade. Ele era um ladrão e estava invadindo uma casa — que deveria estar vazia, mas tinha uma luz acesa numa mesa onde a tela de um computador piscava ininterruptamente e um cigarro ardia no cinzeiro. A fumaça voava em direção ao ar condicionado, ligado a todo vapor.

De repente, o som de uma descarga no banheiro contíguo o fez dar um pulo para trás, como um gato pronto para atacar. Puta merda! Não podia ser o Tuca, o imbecil ainda estava lá fora. Enquanto isso, Tuca voltava pela entrada lateral e subia para os quartos, esperando encontrar muitas joias, dinheiro, prataria, qualquer coisa que pudesse vender facilmente. Também estava armado, e carregava a pistola displicentemente na cintura.

Leco ouviu o som da porta do banheiro se abrindo e se escondeu atrás da porta de entrada da biblioteca. Sabia que precisava pensar rápido. Fosse quem fosse, não podia ser visto por Tuca antes dele, pois Tuca certamente atiraria antes de pensar. O disparo seria ouvido por toda a vizinhança e os dois estariam fodidos.

Naquele instante, Leonardo repassou mentalmente sua vida e suas metas. Mais uma vez estava metido com o porra louca do Tuca. Por quê? Porque justamente esse porra louca tinha livrado a cara dele, impedindo que pegasse trinta anos de cana ou mais. Era uma dívida pesada, que favor nenhum poderia pagar. A não ser que não houvesse um credor, raciocinou.

Gustavo saiu do banheiro e arrastou os chinelos em direção à biblioteca. Não estava com uma aparência muito boa: a barba por fazer, calças de moletom largas caídas abaixo da cintura, camiseta branca respingada de molho de tomate.

Ao descer a escada, carregado de bugigangas, Tuca deixou escapulir das mãos um colar de contas. O barulho passaria despercebido para alguém menos atencioso como Gustavo, para uma pessoa em alerta como Leonardo soou como uma bomba caindo no andar de cima. A respiração de Leco, em suspensão, aguardava com ansiedade a entrada de alguém que nem deveria estar ali. E esta entrada tinha que acontecer antes que Tuca descesse e armasse o maior barraco.

Gustavo entrou na biblioteca e, antes que se desse conta do que estava acontecendo, foi golpeado na cabeça, caindo de bruços, inconsciente. Tuca entrou, sorrindo, carregando as novidades que achara, mas o sorriso logo desapareceu quando viu o corpo no chão.

— Ô, porra! Quem é esse? — perguntou, surpreso, pois não reconheceu no homem de roupas simples o médico sempre tão arrumadinho.

— Quem é esse? — Leco repetiu rispidamente. — Quem é esse? — levantou a cabeça inerte de Gustavo e, de repente, levou também um grande susto. Soltou rápido a cabeça, como se o contato queimasse suas mãos, e ao reconhecer o homem que o tirara do coma deu um pulo para trás. Mesmo com a aparência desleixada, ele tinha certeza: era Gustavo, seu amigo de outra vida.

Indiferente à reação de Leco, Tuca perguntou se ele estava morto, mas Leco, paralisado, não ouviu a pergunta.

— O filho da puta tá morto? — Tuca repetiu.

— Não, Tuca, o filho da puta não tá morto — Leco respondeu, finalmente.

— Hã... — reagiu Tuca, e disse quase sussurrando: — Você devia ter matado.

Enquanto amarrava o homem na cadeira, Leonardo percebeu o olhar de desapontamento de Tuca. *Então o plano era esse* — pensou. *O filho da mãe está me usando para matar o médico que botou aquela vigarista na cadeia. O bobo não é mais tão bobo como costumava ser. Vamos ver, então, o quanto você aprendeu por aí sem mim, vamos ver se tem colhão suficiente para me passar a perna.*

Tuca revistou a carteira de Gustavo e ficou satisfeito ao encontrar bastante dinheiro. Retirou o cartão de crédito e, antes de enfiá-lo no bolso, organizou as fileiras de cocaína em cima do tampo de vidro da mesa, oferecendo a Leco, que recusou.

— Mas uma bebida cairia bem — Leco acrescentou, obrigando Tuca a sair para ir pegá-la.

A ausência de Tuca facilitou o raciocínio de Leco, que iniciou a busca ao cofre por entre as prateleiras. Quanto antes saíssem dali, melhor. Retirou cuidadosamente os livros da estante, detendo-se de vez em quando para folhear uma ou outra obra, entre as tantas que revestiam as paredes do cômodo.

De repente, uma voz ressoou em suas costas, eriçando-lhe os pelos.

— Obrigado por proteger os livros — com o rosto ferido e inchado, Gustavo agradecia o cuidado do homem que vasculhava as prateleiras. — O que você está procurando? Talvez eu possa ajudar.

— O cofre — respondeu Leco, sem se voltar.

— Mas nós não temos... ou melhor, eu não tenho cofre — ignorando a informação, Leco continuou procurando. — Você pode até procurar, mas é perda de tempo. Nunca quisemos um, para não ter valores para guardar dentro dele. Ficaríamos preocupados se estavam bem escondidos, se mais alguém teria conhecimento disso, se entrasse algum ladrão na casa.

Leco permanecia de costas, ganhando tempo.

— Onde estão os dólares, as joias?

— Também não tenho dólares. E quanto às joias, a minha espo... minha ex-esposa levou tudo. Eram dela, eu mesmo não tenho nenhuma, a não ser por alguns relógios que coleciono.

Leco finalmente se aproximou de Gustavo e segurou com força o queixo dele, provocando-lhe um arrepio de dor decorrente do inchaço.

— Escuta aqui, meu amigo... Não! Meu amigo, não! Porque você não é meu amigo. Você é minha presa, minha vítima, e eu sou um bandido, um ladrão, seu torturador. Não tô nem aí pras suas preocupações com ter ou não bens materiais. Não tô nem aí para as suas "inquietações"... não é assim que vocês falam? Só vou te dizer uma coisa: eu não tô nessa sozinho, e o meu companheiro lá fora, que é realmente meu amigo, não é tão gentil quanto eu. Por isso é bom você começar a dizer onde estão os bagulhos, porque quando o meu amigo voltar, ele vai fazer você cantar mais que a Carmem Miranda.

À dor de Gustavo se uniu a confusão mental, porque seu algoz era muito parecido com uma pessoa dócil, inteligente e educada que ele conhecera no passado, uma semelhança que o homem à sua frente se esforçava para destruir.

— Mas é a pura verdade. Tudo o que ganhávamos aplicávamos nesta casa, em peças de colecionador, quadros, tapetes, livros, relógios...

Com a entrada de Tuca, Leco soltou o rosto de Gustavo e se afastou dele. Tuca ficou incomodado, com a sensação de algo diferente no ar, como se estivesse sendo mais uma vez excluído de algum projeto, uma festa ou uma conversa mais elaborada.

— Então a Bela Adormecida acordou, né? — ironizou.

Gustavo levou um choque ao reconhecer seu paciente.

— Sou eu mesmo, doutor. Tá lembrado de mim?

Do canto da sala, Leco observava a cena, percebendo que Gustavo perdera o controle da situação.

O doutor não sabia o que dizer. Esquadrinhava a própria mente à procura de algum procedimento psiquiátrico que coubesse na atual situação, mas sua cabeça estava uma confusão só. Dois momentos distintos de sua vida estavam interagindo diante dele de maneira aleatória, como se os ratos tivessem aprisionado o cientista e comandassem o experimento. A dor física o impedia de raciocinar e o medo dominava seu cérebro, dando espaço ao instinto de sobrevivência, péssimo aliado numa crise.

— E aí, Leco, ele disse onde tá o cofre?

— Ainda não.

— Ué, engraçado, quando entrei aqui, achei que vocês já tavam se entendendo — disse Tuca, com ironia.

Leco não revidou, indiferente à desconfiança do comparsa.

— Vamo lá, riquinho, diz logo onde tá a grana.

— Infelizmente, Elísio... — Gustavo começou a explicar, mas não teve chance de continuar, porque recebeu um soco no rosto.

— É Tuca, caralho! Quantas vezes eu tenho que dizer que meu nome é Tuca? — mas Gustavo não estava mais ouvindo, tinha desmaiado em decorrência do golpe desferido por Tuca. — Essa não! O cara não aguenta nem um soquinho de merda!

— Ele me disse que não tem cofre, e que a grana está aplicada em peças antigas e valiosas.

— Valiosas? Gente rica é esquisita, gasta uma grana, compra qualquer coisa velha e diz que é antiguidade — enquanto falava, Tuca jogou bebida no rosto de Gustavo, que gemeu de dor em decorrência do contato do álcool com as feridas.

Desperto, Gustavo retomou as explicações.

— Como expliquei ao seu amigo, Tuca... — tentou falar, mas a dor o interrompeu mais uma vez. Alguém agarrava a sua mandíbula com muita força.

— É mesmo? — Tuca perguntou, apertando as bochechas do médico. — Quer dizer que o doutorzinho e o meu amigo ali estavam de segredinhos? O que você explicou, hein, Dr. Traíra? Diz logo! Fala logo, porra, fala!

— Se você não soltar a boca do homem ele não pode falar, Tuca — Leco interveio, divertindo-se com a inépcia do comparsa em arrancar a informação de um homem impossibilitado de falar.

Tuca largou bruscamente a cabeça de Gustavo e começou a andar de um lado para o outro, nervoso, resmungando.

— Sei não. Alguma coisa tá errada... alguma coisa tá fedendo aqui.

Embora a droga proporcionasse a ilusão de perseguição ou conspiração, a sensação de Tuca não era de todo ilusória. Tinha fundamento, porque algo fora do seu alcance estava realmente acontecendo entre Leco e Gustavo.

Dentre os objetos trazidos por Tuca, um caderno de capa dura bem decorado chamou a atenção de Leco, que o folheou ao acaso.

— Tuca, eu tô um pouco nervoso, você não tem pó aí, não? — Leco pediu, para desviar o foco da conversa e consequentemente a atenção de Tuca, cujo comportamento de animal enjaulado pressupunha uma crise de descontrole que Leco já presenciara outras vezes. Sua iniciativa teve sucesso. Tuca parou de andar e perguntou se ele tinha mudado de ideia.

— Uma carreirinha vai ser bom pra relaxar.

O rosto de Tuca se transformou, exibindo uma alegria quase infantil. Seria gratificante compartilhar a droga com Leco, que sempre deixava claro que reprovava seu vício. Arrumou quatro carreiras, uma para ele e o restante para si próprio. Após aspirar o pó com sofreguidão, Tuca retornou à caça ao tesouro pela casa, deixando Leco e Gustavo sozinhos de novo.

Uma vez sozinho com seu captor mais centrado, Gustavo pôde esclarecer o que realmente havia acontecido a Tuca na clínica, seu tratamento, o fracasso, os roubos e o tráfico de drogas. O ódio desmedido de Tuca era em decorrência da prisão da namorada. Tuca, no entanto, não fizera nada para impedir, nem ao menos dividira a responsabilidade pelo crime, já que os dois estavam envolvidos. Por isso a intensidade do ódio era descabida. Na realidade, Tuca estava transferindo a própria responsabilidade pelas consequências do seu ato, incluindo a covardia.

— E de que adiantaria para a Marlene se o Tuca se entregasse? — Leco se interessou, com o caderno aberto nas mãos. — Ela seria presa de qualquer jeito, e nem ao menos teria redução de pena. Em vez de um, estariam os dois fodidos.

— Mas a questão principal está na culpa que seu amigo está sentindo por não ter ajudado a namorada. Essa culpa se converte em ódio por mim, pelo que represento, porque ele atribui a mim os problemas pelos quais passou. Fica incomodado pelo fato de eu ter tido autoridade sobre o destino dele.

— E você acha isso justo? Que alguém decida quem tem ou não direito à liberdade?

— E vocês não estão decidindo meu destino agora? Além do mais, eu também agi sob a autoridade de outras pessoas. O processo já havia sido instaurado, eu não tinha como impedir o desfecho que o caso teve.

— Mas Tuca não foi preso. Por quê?

— Pois é, não tive coragem de implicá-lo como coautor, em consideração à mãe dele, uma mulher muito sofrida — por alguns segundos, ao perceber um sinal de simpatia em seu rosto, Gustavo fixou o olhar no rapaz.

— Tá me olhando por quê? — Leco perguntou, na defensiva.

— É estranho. Você se parece muito com alguém que conheci.

— Seu amigo?

— Pode-se dizer que sim.

— Onde ele tá agora?

— Não sei, nos perdemos.

— E como é isso? — Leco riu, com ironia. — A gente perde um objeto, não um amigo.

— É forma de dizer. Complicado explicar... eu o perdi de vista.

— Mas também não procurou, né mesmo? Fez algum esforço pra encontrar ele? Não deve ser difícil pro cara influente que você é encontrar alguém.

— Claro que tentei. Até busquei os parentes mais próximos, mas não tinham notícia dele.

— Peraí! Mas que parentes? — perguntou Leco, irritado.

— Um tio apenas, que mora no subúrbio e está muito doente. Foi ele quem me contou toda a história, de como ele chegara à situação na qual eu o conheci.

— Não dá pra acreditar — disse Leco, visivelmente nervoso. — Seu doutor de merda, que direito você tinha de bisbilhotar a vida do cara?

— Não sei por que isso te incomoda tanto. A propósito, Leco é apelido de quê?

— De nada, porra! Qualé, hein? Não vem com manha de bom moço pro meu lado não, que eu não caio nessa. Tá louco pra me meter na cadeia e me perder de vista, como fez com o seu amigo.

— Eu não disse que ele estava preso.

— Nem eu — Leco disfarçou. — Só disse que você perdeu ele de vista, pelo jeito na cadeia, quando podia ter usado sua influência pra encontrar o coitado nos presídios. Em vez disso, foi atrás da ficha dele, do registro. Foi mais fácil, para o doutor, lidar com prontuário do paciente do que com o próprio paciente, como se a existência dele não passasse de uma ideia, sem a necessidade de se envolver diretamente com a pessoa.

— Do que você está falando? Eu fiz de tudo para te encontrar, Leonardo.

Leco levou um choque ao ouvir seu nome pronunciado em voz alta por seu refém. Mas não negou, pelo contrário, assumiu sua identidade.

— Mas não o suficiente — disse finalmente, com tristeza. — Se era para me deixar sozinho, devia ter me deixado morto.

— Eu não fazia ideia, me desculpe.

— Do jeito que era — Leco continuou, ignorando o pedido de desculpas — eu podia me defender. Mas do jeito que você me deixou, não, porque virei outra pessoa. Sabe pele fina que se fere à toa? Suscetível, sabe como é — Gustavo balançou a cabeça afirmativamente. — Pois a minha pele teve que aprender de novo a ficar cascuda, grossa, conforme era antes, para aguentar os ferimentos que tive que aguentar. Foi duro voltar a ser como eu era. Mas o mais duro foi esperar dia após dia por uma visita que nunca vinha. Eu estava morto, por que não me deixou lá? Por que tinha que brincar de deus me trazendo de volta? — Leco disfarçou uma lágrima, que insistia em cair.

— Leonardo, me desculpa, eu não tive intenção.

— Este é o problema, nunca se tem a intenção — Leco se recompôs. — E pode enfiar essa piedade no cu, porque eu dispenso. Minha pele tá cascuda como antes — bateu com energia no peito — uma carapaça, capaz de aguentar qualquer tranco. Diferente de você, que foge no primeiro obstáculo. Interfere, mete o nariz em tudo, mas só de longe, sem tocar. Como isto, por exemplo — sacudiu o caderno em suas mãos. — Pelo seu desinteresse, já percebi que não está reconhecendo — a ignorância de Gustavo confirmou a suspeita de Leco. — É um diário. Sabia que sua mulher tinha um diário?

— Não! Nunca soube. Não temos segredos um para o outro, temos... ou melhor, tínhamos um relacionamento aberto, compartilhávamos tudo.

— Isso é o que você pensa, o que quer acreditar. E é o que vale, não é mesmo? Havendo qualquer pista, qualquer sinal de ser diferente disso você passa por cima como um trator. Eu queria morrer, mas você cagou e andou e me trouxe de volta. Na sua cabeça isso era... qual é mesmo a palavra? Isso era "inadmissível".

— E era mesmo, Leonardo! Nunca lhe apresentaram a perspectiva de um destino que não fosse aquele que você vislumbrava. Não havia como desejar morrer se apenas uma vida lhe fora mostrada.

— E você me mostrou outra coisa?

— Claro! Veja bem, vivemos num ciclo, uma cadeia de acontecimentos, a qual chamamos "destino". Que pode se quebrar a qualquer momento, basta querer. Não é porque você mora num ambiente violento que se torna violento. O Tuca, por exemplo, teve os dois extremos como exemplo, mas optou pelo pior. Foi ele quem escolheu rejeitar a mão estendida da mãe. Mas com você foi diferente. Já imaginou se uma Dona Ermínia tivesse ficado ao seu lado durante a sua formação? Certamente não estaríamos tendo esta conversa agora. Você pode até não gostar, mas eu te dei ferramentas para quebrar esse ciclo, e hoje você sabe que há alternativas.

— Cara, de onde você tira tanta certeza? Chega a ser esquisito!

— Desculpe, devo parecer petulante, dono da verdade. Mas estou apelando para o seu senso crítico, Leonardo. Ninguém vem ao mundo com a vida predeterminada, somos apenas levados a acreditar que é assim. Isto é, introjetamos o roteiro elaborado pelos conceitos culturais da sociedade.

— E o seu roteiro? Você está sempre falando em escolhas. Você sempre viveu como um porco, doutor?

— Não entendi.

— A casa está uma sujeira. Sua aparência é um horror. Você sempre viveu assim?

— Claro que não! — Gustavo protestou, constrangido. — Sou um homem organizado. O que estou vivendo agora é apenas uma fase, logo vou sair da prostração. Preciso de tempo para pensar, reformular propostas de vida, numa retrospectiva dos meus objetivos conjugais e individuais, a fim de alcançar um coeficiente comum.

— Papo furado! — Leco estava achando graça. — Você tá tentando me enrolar com esse papo de psiquiatra. O que sei é que você escolheu se esconder como um bicho, em vez de viajar, estudar, arranjar outra mulher ou lutar pela sua, armar um barraco. Você não fez nada.

— Seu raciocínio é simplista, e a vida não é tão simples quanto parece.

— Doutor, não tente ensinar a missa ao vigário. Isso eu estou careca de saber, porque sou o exemplo vivo de que nem sempre o nosso destino está em nossas mãos. Você interferiu no meu, está satisfeito com o resultado? — disse Leco, irônico. Como Gustavo não replicou, demonstrando falta de argumentos capazes de combater a realidade, Leonardo prosseguiu:

— Sabe o que você é, doutor? Um romântico idealista. Nenhum romântico é valorizado. Mas se você tivesse dado uns tapas nela, logo chamaria a atenção de meia dúzia. Quem veio te procurar desde que você entrou nessa de amante abandonado? Aposto que ninguém. Já reparou que os romances água com açúcar, com finais felizes, nunca ganham prêmios? Estão destinados às bancas de jornal.

— Você me chama de romântico. Leila me chama de insensível e distante. Os dois podiam entrar num acordo a respeito da minha veia amorosa.

— Eu não disse que você era amoroso, disse que era romântico, mas no sentido de ingênuo. Vem investindo numa relação há tanto tempo, que encasquetou que daria certo. Talvez porque goste de causas perdidas, como a minha.

Leonardo retornou ao diário. A fim de confrontar Gustavo, o questionou quanto ao seu interesse de conhecer a mulher com quem vivia, já que o diário por certo estava à vista de qualquer um que se dispusesse a encontrá-lo. Para fundamentar sua teoria, informou a data de início das confidências de Leila, que, para surpresa de Gustavo, era próxima à data de seu casamento.

— Já que o Dr. Romântico não sabe o que dizer, voltemos à leitura: "Hoje tentei abordar o assunto com Gustavo, sem sucesso. Ele está sempre tão ocupado, mesmo estando ao meu lado sinto sua ausência" — Leco se deu conta de que Gustavo não fazia ideia do assunto a que Leila se referia.

— Leonardo, por favor, feche esse caderno, não devemos lê-lo — pediu, em tom de súplica.

— Doutor, você acha que alguém vai embora e simplesmente esquece o próprio diário? Claro que não. O que a Leila queria é que você o encontrasse e lesse. Vai ver ela não sabia como falar com você algumas coisas difíceis de dizer.

— Você acha?

— Claro! — Leco voltou a ler, retroagindo na data. — "Gustavo nunca demonstrou inclinação para a paternidade, embora também não demonstre aversão por crianças. Mas tenho esperança de que quando o fato estiver consumado, com a alegria de um serzinho correndo livre por este mausoléu, ele não tenha escolha e passe a amá-lo. Tenho receio de que ele resista à ideia de ser entrevistado por assistentes sociais, ter suas emoções vasculhadas por estranhos, numa clara avaliação de competência para comprovar se pode ou não ser pai. É excessivamente orgulhoso de sua capacidade e não suportaria ser testado. E se não for assim, posso dizer adeus à adoção e ao desejo de ser mãe, já que sou estéril".

Gustavo estava atordoado. Que revelações eram aquelas? Adoção, orgulho, mausoléu. Nunca soube que Leila via o casarão como um mausoléu. Pensou em pedir de novo a Leonardo que parasse com a leitura. Isto sim, era tortura, não aqueles soquinhos desferidos pelo animal do Tuca. Porém, à medida que as palavras eram proferidas, sua curiosidade aumentava, porque tinham sido escritas por uma mulher que não era Leila. Tanto que, em vez de pedir para Leco parar, estava agradecido por não ser ele a ler aquelas indiscrições, já que certamente nunca as leria. E ainda havia muito a ser conhecido sobre a mulher cuja vida se descortinava, era devassada num diário aparentemente esquecido. E vieram mágoa, culpa, solidão; fuga, indiferença, cobrança; paixão e aborto. Armando.

Compadecido, Leonardo interrompeu o relato. Havia um limite para tudo, até para a vingança. Ninguém, nem Gustavo, que o havia magoado, merecia aquilo. *Mas que mulherzinha filha da puta*, pensou, ao ver as lágrimas escorrerem pelo rosto de Gustavo.

— Tem certeza de que não sabia de nada disso? — Leco perguntou, surpreso com o fato de que acontecimentos tão graves pudessem passar despercebidos por Gustavo, que abaixou a cabeça, atônito. Leco, então, pegou a caixa de lenços de papel e enxugou as lágrimas de Gustavo, numa demonstração de proximidade.

A porta se abriu para dar passagem a Tuca, que voltava carregando um baú. Leco disfarçou, para que ele não percebesse o que estava acontecendo. Mas nem precisava, porque seu companheiro estava completamente embriagado, incapaz de perceber o que quer que fosse.

— Leco, olha o que achei.

Leco examinou o conteúdo.

— Olha quantos berros, cada um diferente do outro.

— São antiguidades, eram do meu avô.

— Eu te perguntei alguma coisa, ô intrometido? — Tuca repreendeu.

— São muito velhos, Tuca — constatou Leco. — Não devem nem funcionar.

— Mas quem vai saber? No escuro, arma é arma.

Se dirigiu a Gustavo:

— Onde estão as balas, doutorzinho?

Gustavo hesitou.

— Olha aqui, não tô a fim de repetir. Vai logo dizendo, se não quiser ver estrelas de novo.

— Estão aqui na estante, na quarta gaveta junto à parede — revelou Gustavo.

Tuca foi cambaleante até a gaveta apontada por Gustavo, e, depois de carregar uma das pistolas, apontou-a para Gustavo.

— E aí, doutor, será que funciona?

— Pode ser que sim — Gustavo falou controlando a respiração descompassada, sabendo que no estado em que estava Tuca certamente apertaria o gatilho. — São peças antigas muito bem cuidadas pelo meu avô.

— Tive uma ideia do caralho! — revelou Tuca. — Esse cara tá na merda, muita gente deve saber disso. Colocamos essa velharia na mão dele e apertamos o gatilho. Todo mundo vai pensar que ele se matou.

Leco e Gustavo se entreolharam.

— Boa ideia. Mas e se alguém lá fora ouvir o tiro, o que a gente faz? — perguntou Leco.

— Até que chamem a polícia, a gente já vai tá longe.

— É, tem razão. Levamos pouca coisa do roubo

numa mochila para poder correr. Claro, a maior parte vai ficar — ponderou Leco. — E quem vai ajudar o cara a apertar o gatilho, você ou eu?

— Ué, qualquer um. Pode ser você.

— Tô a fim não, Tuca. Essa porcaria é velha, pode explodir na minha mão e não quero ficar maneta. Só me faltava isso.

— É acho que tem razão, também não quero ficar maneta — entregou a pistola a Leco e pediu que ele cheirasse uma calcinha que trazia no bolso. — Sente só o cheirinho, Leco. É papa-fina, não tem nada a ver com aqueles trapos que a mulherada do morro usa. Se a calcinha é perfumada assim, imagina a xoxota da dona, hein! Hum, dá tesão só de pensar — Tuca olhou para Gustavo, debochado. — E aí, doutorzinho, tu dá conta do recado? Vai ver não dá, não. Mas eu dou, basta a cheirosinha me procurar que dou um trato nela — fez um movimento de quadril para frente e para trás, acompanhado de gemidos e risadas, encaminhando-se para a porta. — Vou pegar comida, tá a fim?

— Não, agora não. Daqui a pouco — respondeu Leco.

— Tá legal, mas não demora não, porque eu vou mijar em tudo, na cozinha também. É só reabastecer a barriga de mijo — Tuca se divertiu com a revelação. Antes de sair, complementou, rindo: — Eu já mijei em todas as camas.

Enquanto ria da infantilidade de Tuca, Leco percebeu que Gustavo estava incomodado, se ajeitando na cadeira com esgares de dor, e ficou sério de repente. Pensativo, avaliou a arma antiga em suas mãos e voltou a observar o prisioneiro. Aproximou-se de Gustavo e depositou com displicência a pistola em cima da mesa, ao alcance dele.

— Olha aqui, doutor, vou liberar suas mãos para você se acomodar melhor. Mas se o Tuca entrar, você finge que está amarrado.

— Está bem. Obrigado.

— Não agradeça ainda. Não sei como isso tudo vai acabar.

— Por quê? Você acha que Tuca pode me matar?

Leco o fitou, sério:

— Tuca ou eu mesmo, doutor.

Gustavo se preocupou com a opção apresentada, e antes que Leonardo pudesse liberar suas mãos, Tuca se precipitou porta adentro, ofegante, quase excitado.

— Adivinha quem tá aí — não espera resposta. — A cheirosa.

Gustavo, aflito com a informação, buscou ajuda nos olhos de Leonardo, encontrando neles uma calmaria que, em vez de tranquilizá-lo, o assustou.

— Onde ela está, Tuca? — Leco perguntou.

— Lá fora na piscina. Tá admirando a minha obra de arte.

— Então, talvez ela nem entre na casa...

— Não! — Tuca interrompeu, bruscamente. — Eu quero que ela entre, se não entrar vou lá buscar ela.

A voz de Leila reverberou pelo prédio, chamando por Gustavo. Os três homens trocam olhares, expectantes. Gustavo fez menção de gritar, mas apenas um grunhido foi liberado de sua garganta, porque Tuca adivinhou sua intenção e tampou-lhe a boca com a mão.

Leco amordaçou Gustavo com uma fita, viu o olhar de súplica do médico e disse no ouvido dele, sem que Tuca percebesse:

— Não se preocupe, vai dar tudo certo.

Tuca estava inquieto, nervoso, enxugando o rosto suado com a barra da camisa, mas não deu um pio.

— Tuca, cadê o berro? — Leco perguntou, sussurrando.

— Caralho! — colocou instintivamente a mão na boca e sussurrou: — Deixei na cozinha.

— Corre lá e volta rápido, a mulher ainda está no outro andar. Tuca, ela não pode te ver, entendeu?

— Claro, Leco, eu não sou burro.

Tuca saiu. Leco dispôs a pistola antiga e carregada num local que só Gustavo podia ver. Ouviram de novo a voz de Leila. Gustavo estava consumido pela aflição, mas Leonardo tentou tranquilizá-lo.

— Gustavo, calma, está tudo sob controle. Estou quebrando a cadeia, interrompendo o ciclo, mudando meu destino. Melhor dizendo, mudando o nosso destino, porque agora você já sabe onde me encontrar, não é mesmo? — e começou a afrouxar o nó das mãos dele, sem soltar completamente porque Tuca já estava de volta.

— Tuca, fica aqui que eu vou lá fora pra trazer a cheirosa.

A voz de Leila estava cada vez mais nítida. Porém, em vez de ir na direção dela, Leco se ocultou num ponto da casa de onde assistiu à sua aproximação. Leila abriu a porta da biblioteca vagarosamente, desconfiada, e se deparou com Gustavo amarrado e amordaçado. Ele tentou alertá-la da presença de Tuca, que se precipitou, avançando, mas ela gritou e correu, assustada. Gustavo lutou contra as amarras, virando a cadeira, enquanto Tuca saía pelo corredor, ao encalço de Leila.

Tuca estava excitado. Já vivera uma perseguição igual muitas vezes no morro, e sempre conseguia o que queria. Só que agora o prazer seria maior, por ser a mulher do Dr. Traíra.

Leila foi derrubada com violência e ficou atordoada. Com o corpo sobre ela, Tuca chamou por Leco.

— Leco, eu peguei a cheirosa. Cadê você?

Leila se debatia, mas não conseguiu impedir que sua blusa fosse arrancada. Gustavo se desvencilhou das amarras, pegou a pistola e correu para ajudá-la. Leila lutava em desespero. Gustavo apontou a pistola para Tuca e ordenou a ele que soltasse a mulher. Tuca levou a mão à cintura em busca de sua arma. Gustavo disparou, e quase que simultaneamente outro tiro foi ouvido. O corpo de Tuca caiu sobre Leila, que gritou histérica.

Sirenes soaram lá fora. Gustavo ajudou Leila a se levantar e os dois se abraçaram. Dois policiais de arma em punho surgiram no topo da escada, seguidos por alguns curiosos mais afoitos. Apenas Gustavo viu o rapaz bem-vestido se juntar ao grupo que cercou o corpo, fazendo comentários diversos. O rapaz piscou para Gustavo e saiu da casa discretamente.

— Eu podia jurar que acabei de ver a camisa que te dei no Natal saindo pela porta — disse Leila, um pouco mais calma, mas ainda abraçada a Gustavo.

— Impressão sua. É normal vermos coisas estranhas depois do que passamos.

Gustavo e Leila relataram o ocorrido, divergindo apenas quanto ao momento do disparo: tanto ela como os vizinhos disseram ter ouvido dois disparos, em vez do único declarado por Gustavo. Sem contar que Leila suspeitava de uma quarta presença na casa, porque ouvira o marginal morto chamar por alguém enquanto a atacava, dúvida elucidada por Gustavo que, com a autoridade de psiquiatra renomado, atestou que Elísio Barbosa, o morto, era dado a surtos psicóticos. Quanto ao som de dois tiros, era bem possível que o tamanho da casa causasse um eco, levando a crer que tivessem ocorrido dois disparos em vez de um.

Além do mais, não havia por que estender o processo, já que o médico, cidadão respeitado, havia assumido toda a responsabilidade pela morte do meliante, que invadira sua casa com a clara intenção de vingar a prisão da namorada. Por fim, a polícia decidiu concluir a investigação descrevendo o crime como legítima defesa, apesar de tantas discrepâncias, incluindo o telefonema anônimo que levou a polícia tão rapidamente ao casarão.

23.
Mestre Leonardo
(2013)

Com as ferramentas corretas, podemos abrir picadas e sedimentar nosso próprio caminho.

Gustavo saltou de um táxi no portão do Centro de Ajuda Espiritual Caminho Certo. O endereço era o do Centro de Formação Espiritual Pai Tenório, mas o lugar estava completamente mudado, mais aberto, colorido, florido. Os objetos de origem africana compartilhavam o espaço com símbolos esotéricos. O som retumbante dos atabaques tinha dado lugar a uma melodia calma e relaxante, conquistando a simpatia da comunidade circunvizinha. As iabás ainda se vestiam de branco e rendiam homenagem aos orixás, mas sem o sacrifício de animais, o que acalmou a gana de outros grupos religiosos.

Mestre Leonardo veio até o portão para receber o recém-chegado. Não se tocaram. O cumprimento foi feito apenas com o olhar, que se manteve fixo por um longo tempo. Leonardo e Gustavo se sentaram no jardim repleto de orquídeas, se limitando a uma comunicação quase sensorial, uma sensação de proximidade, aromas e visão.

Demoram a falar porque se avaliaram antes. Gustavo estava mais magro, cabelos e barba crescidos, vestido num estilo confortável, diferente daquele sisudo que costumava usar; já Leonardo, amadurecido, tinha os cabelos cortados rente e estava muito bem escanhoado. Vestindo túnica e sapatilhas brancas, transmitia paz e segurança.

— Desta vez você conseguiu me encontrar — começou Leonardo, provocando.

— Não foi difícil. Todas as lembranças eram miolos de pão que me conduziam de volta para o Brasil.

Uma mulher surgiu com uma bandeja com chá e bolachas para os dois. Gustavo, surpreso, reconheceu Dona Ermínia, visivelmente remoçada, tranquila. Ela apenas sorriu para ele, se afastando logo depois de deixar a bandeja. Gustavo lançou um olhar questionador para Leonardo.

— Acolhê-la era o mínimo que eu podia fazer. A perda foi muito grande para ela. Depois de enterrar o filho predileto, foi expulsa de casa pelos traficantes. Se está pensando que Dona Ermínia culpa você pelo que aconteceu, não se preocupe, porque ela se sente envergonhada pelo que Tuca fez contigo — Leonardo serviu o chá enquanto falava, com voz mansa e pausada. — Foi necessário omitir alguns detalhes a respeito daquele dia. São segredos que só nós dois conhecemos, e nos quais não vale a pena remexer. Resolvi pagar as dívidas mais acintosas da minha vida fazendo o bem para outras pessoas. Faço melhorias na comunidade, no entorno do Centro; dou assistência a viciados que pedem ajuda; temos uma horta e um orquidário comunitários, com renda convertida para os próprios trabalhadores; reabri o canal de comunicação com minha mãe, que nos liga de tempos em tempos; e ainda cuido do meu tio doente, apesar do que ele me fez. Acho que podemos dizer que quebrei a cadeia e refiz o meu caminho — Leonardo sorriu. — E você? Seguiu o miolo de pão de volta para Leila?

— Claro que não! Há muito tempo não a vejo. Aliás, desde aquele dia fatídico, quando decidi oficializar a separação, embora não tivesse consciência disso. Fiz o que você me sugeriu. Deixei a clínica com meus sócios, viajei, conheci novas pessoas, revi outras. Como meu irmão, a quem eu não via desde a adolescência. Aprendi. Mas a minha cabeça permanecia aqui, porque ainda não encontrei o meu caminho. Será que você pode me indicar?

— Até posso — Leco sorriu. — Afinal, aqui é o Centro Caminho Certo. Mas tem um preço.

— Um preço, é? E qual seria?

— Venho desempenhando o papel de pai, amigo, guru e psicólogo. Que tal dividir a tarefa comigo? Assim, você pode pagar a comida que comer. Qualé? Tá pensando que vai morar aqui sem pagar? — ambos sorriram.

— E o que te leva a crer que quero morar aqui?

— E não quer?